Carl Lorentzen

Dieryck Volkertszoon Coornhert, der Vorläufer der Remonstranten,

ein Vorkämpfer der Gewissensfreiheit - Versuch einer Biographie

Carl Lorentzen

Dieryck Volkertszoon Coornhert, der Vorläufer der Remonstranten,
ein Vorkämpfer der Gewissensfreiheit - Versuch einer Biographie

ISBN/EAN: 9783743622364

Hergestellt in Europa, USA, Kanada, Australien, Japan

Cover: Foto ©Raphael Reischuk / pixelio.de

Weitere Bücher finden Sie auf **www.hansebooks.com**

DIERYCK VOLKERTSZOON COORNHERT,

DER VORLÄUFER DER REMONSTRANTEN, EIN VORKÄMPFER DER GEWISSENSFREIHEIT.

VERSUCH EINER BIOGRAPHIE.

INAUGURAL-DISSERTATION

DER PHILOSOPHISCHEN FAKULTÄT ZU JENA

ZUR

ERLANGUNG DER DOKTORWÜRDE

VORGELEGT

VON

CARL LORENTZEN

JENA,
FROMMANNSCHE BUCHDRUCKEREI.
(HERMANN POHLE.)
1886.

Quellen.

1. D. V. Coornhert: Wercken. 3 Foliobände Amsterdam 1630.
2. G. Brandt: Historie der Reformatie 1. Band. Amsterdam 1671.
3. Pieter Christianzoon Bor.: Oorsprouck der Nederlandsche Oorlogen. Amsterdam 1677.
4. Uytenboogaert: Kerkel. Historie.
5. Dr. J. ten Brink: Dirck Volkertsen Coornhert en zijne Wellevenskunste. Amsterdam 1860.
6. Bibliotheca Belgica: Zettelkatalog über Coornherts Werke Gent.

Außerdem wurden verschiedene kleinere Sachen benutzt, die in den Anmerkungen zum Texte citiert sind.

Einleitung.

Die schweren und gewaltigen Kämpfe, die zu Anfang des 17. Jahrhunderts in den Niederlanden zwischen den Kalvinisten und Remonstranten ausgefochten wurden, erhielten nach der gewöhnlichen Annahme ihren ersten Anstoß durch die Angriffe des niederländischen Predigers Arminius gegen die einseitigen Lehren des orthodoxen Kalvinismus. Diese Ansicht ist jedoch nicht genau, denn schon ein Menschenalter vor dem Wirken dieses überzeugungstreuen Mannes waren in den Niederlanden die unversöhnlichen Gegensätze des eingeschränkten und des consequent durchgeführten protestantischen Prinzips aufeinandergestossen, der erbitterte Streit war schon damals entbrannt und hatte gewaltige und unermüdliche Kämpen auf den Schlachtplan geführt. Auf der Seite der Angreifer des Kalvinismus ragte vor allem ein geistvoller Laie, der einflußreiche Notar und Sekretär der Stadt Haarlem, Dieryck Volkertszoon Coornhert, hervor; er ist es gewesen, der die eigentliche Anregung zu dieser Bewegung gegeben hat¹), als eine Persönlichkeit die in ihrem wahrheitsgetreuen Wesen hauptsächlich dazu angetan war, den Kampf bis zum Äußersten zu führen und unermüdlichen Angriffen den schärfsten Nachdruck zu verleihen. Denn durch die eingehendsten Studien und die umfassendsten Kenntnisse war er auf allen Gebieten des menschlichen Geistes wohlbewandert. Hervorragendes leistete er als gewandter Kupferstecher auf dem Gebiete der Kunst, als fühlender Dichter in der Poesie der damaligen Zeit und als scharfsinniger Philosoph und Theologe in den Wissenschaften. Diese seine letzterwähnte, nachhaltigste und erfolgreichste Tätigkeit als Theologe darzustellen, sollen die folgenden Seiten bestimmt sein, sie sollen uns zeigen, wie schon er die Gedanken, die später Arminius praktisch durchführte, in die Welt gesetzt hat.

---

1) Vgl. A. Schweizer. Die protest. Centraldogmen innerhalb der ref. Kirche. 2. B. Zürich. 54.

1. Jugend und Studien.

Dieryck Volkertszoon Coornhert[1]) wurde im Jahre 1522 zu Amsterdam geboren und stammte aus einem alten, guten, bürgerlichen Geschlechte; sein Vater war ein wohlhabender Tuchhändler, der jedoch bald in der Blüte seines Lebens gegen den Willen seiner Frau sein Geschäft aufgab und Privatier wurde.

Dirck war der jüngste Sohn von 5 Geschwistern, seine beiden Brüder waren angesehene Bürger, der ältere, Clemens, starb in der Verbannung, die er sich durch Verteidigung der Freiheit zuzog; der andere, Frans, wurde gleichfalls verbannt, später aber Secretär und Schöffe zu Amsterdam. Seine Schwestern Trijn und Aef waren an wohlhabende Bürger verheiratet. Die Eltern waren beide römisch-katholisch und erzogen Dirck eifrig in dieser Religion[2]).

Sein Vater schickte ihn in seiner Jugend nach der damaligen Sitte der reichen, holländischen Kaufleute nach Spanien und Portugal. Hier mochte das Gemüt des jungen Mannes durch die schreckliche Inquisition bei dem Anblick des volksbeliebten Gepränges der Autos da Fé auf's heftigste

---

1) Der Name findet sich verschieden geschrieben: Koornhert, Coornhart und Cornhert, Coornhert, die letzte Schreibweise findet sich in seinen Werken auf dem Titel. Das Folgende ist hauptsächlich der kurzen Biographie vor seinen Werken entnommen: Coornh. I. Fol. 1. a.
2) Coornh. II. 551 u. 559.

erschüttert worden sein und zuerst die tiefe Abneigung gegen jeden Gewissenszwang, die seinem ganzen späteren Leben die entscheidende Richtung gab, empfangen haben.

Nach seiner Rückkehr aus Spanien verheiratete er sich nach dem Tode seines Vaters um 1540 [1]) schon im 19. Jahre seines Lebens mit Cornelia Symon [2]), der Schwester Anna Symon's, der nicht gesetzlichen Frau des Grafen Reynoudt van Brederode. Durch diese Ehe kam er zu den Kindern Brederodes in nähere Beziehungen, später namentlich mit dem jüngsten illegitimen Sohne Brederodes und der Anna Symon Artus van Brederode, Licentiaten der Rechte und später Ratsherr in dem Hove Provinciael van Holland, wie auch mit dem rechtmäßigen Sohne Brederodes, Graf Hendrick van Brederode, der im Jahre 1566 so viel von sich reden machte. Seine Mutter aber kränkte Coornhert durch diese Ehe gewaltig, denn gegen ihren Willen und des Vaters Testament hatte er diesen Schritt getan. Sie war darob so erregt, daß sie ihn enterbte.

So sah er sich also, da auch seine Frau wenig oder kein Vermögen besaß, gezwungen, sein Brod selbst zu erwerben. Er wendete sich deshalb zuerst an den Grafen Reynoudt van Brederode, der ihn als Hofmeister bei sich aufnahm. Obwohl ihn Brederode sehr achtete und schätzte, verließ Coornhert diesen bald, da sein Trachten und Sinnen nicht nach dem Hofe stand; er blieb jedoch in dauernder Beziehung zu ihm. Coornhert wandte sich nun nach Haarlem, wo er mit Kupferstechen sich sein gutes Auskommen verdiente,

---

1) Coornh. III. 448. Dort erklärt Coornh. in einem Briefe aus dem Jahre 1583, daß er jetzt mit seiner Frau 44 Jahre zusammen sein werde, demnach hat er sich also 1540 verheiratet.

2) Nach der Sitte hieß sie Symonsdochter.

denn er leistete darin Bedeutendes; er war überhaupt ein künstlerisch veranlagter Mann, von seiner dichterischen Begabung zu schweigen. In der Musik, die er schon in seiner frühen Jugend gelernt und fleißig geübt hatte, zeichnete er sich aus, denn die deutsche Flöte wie die Laute und das Clavicimbalum spielte er meisterhaft. Auch war er ein Meister im Fechten, und von allen ehrlichen, löblichen und erlaubten Künsten hat er einige Kenntnis besessen. Beim Mahle war er in der Unterhaltung interessant und erbaulich; allezeit mäßig im Essen und Trinken war er ein Feind des Müssiggangs. Nach seiner Gewohnheit ging er abends um 10 Uhr zu Bett, um sich morgens um 4 Uhr wieder zu erheben, denn seine Ansicht war, daß man durch langes Schlafen das Leben verkürze, durch frühes Aufstehn aber und Wachen das kurze Leben verlängere[1]).

Als strebsamer Mann, der eifrig die Wahrheit suchte und erforschte, war ihm für diesen Zweck keine Mühe zu groß. Schon in seiner frühen Jugend hatte er, noch nicht 16 Jahre alt, eifrig nach seiner Seele Seeligkeit gespürt. Da er zu diesem Zwecke täglich in der Bibel las, die seine Eltern im Hause hatten, entdeckte sein aufmerksamer Geist mehr und mehr die Mißbräuche und Irrtümer in der katholischen Lehre, bis ihm ungefähr in einem Alter von 22 Jahren einige Bücher von Luther, Menno und auch von Calvin in die Hände fielen, wodurch er aufmerksam wurde, daß es vier äußerliche Gemeinden im Gottesdienste gäbe. Da wurde er besorgt und überlegte ängstlich, ob er in der Kirche, in der er getauft war, bleiben, oder ob er in eine der anderen Kirchen, deren Vorsteher ihn eifrig darum an-

---
1) Coornh. I. *het leven* Fol. 1. b. vergl. auch Coornh. III. 606 sein Gedicht: *Protest teghen den slaep.*

suchten[1]), eintreten solle. Er studierte daher die Bücher eifrig, untersuchte die Schrift darauf und fand in jeder der Kirchen nicht wenig Irrtümer. Keineswegs traute er seinem Urteil, und dennoch vermochte er die katholische Kirche nicht zu verlassen, da er nicht versichert war, welcher Kirche Irrtümer die verderblichsten wären. So forschte er denn weiter und kam zu dem Kapitel über Erbsünde und fand zu seinem großen Erstaunen, daß jede der vier Kirchen die Lehre darüber zu einer Grundveste ihres Glaubens mache und jeden, der anders darüber dachte, von der Seeligkeit ausschloß; — zu seinem großen Erstaunen, denn in der ganzen Bibel hatte er weder den Namen noch die Sache entdecken können. In der großen Angst und Bekümmernis um sein Seelenheil wußte er nicht, wohin sich wenden, bis ihm der Gedanke kam, die Kirchenväter zu studieren, von ihnen erhoffte er einen Nachweis über die Erbsünde. Um dieses Ziel zu erreichen, entschloß er sich schon 35 Jahre alt, die lateinische Sprache zu erlernen[2]). Sein Lehrer war Dr. Johann Basius, der spätere Rat des Prinzen Wilhelm von Oranien. In kurzer Zeit wurde Coornhert mit der Sprache vertraut und brachte es in ihrer Kenntnis sehr weit.

Von nun an vermittelte er seinen Mitbürgern die Kenntnis der antiken Bildung und förderte in vieler Beziehung den Fortschritt des Humanismus in Holland. Ten Brink hat

---

1) Auch Hendrick Niclaes geht ihn deswegen an, siehe Brandt. I. 188, ferner über Coornh.'s Abhandlung gegen diesen: F. Nippold in der Zeitschr. f. d. hist. Theol. 1862. S. 394—402. In späteren Jahren suchten ihn auch die Taufgesinnten an sich heranzuziehen, zu denen er sich sehr hingezogen fühlte. Über sein Verhältnis zu David Joris und seine Schrift gegen diesen vgl. F. Nippold in der Zeitschr. f. d. hist. Theol. 1863 I u. 1864. IV.

2) Coornh. II. 551.

ihn deshalb mit Petrarca verglichen[1]). Coornhert's Hauptverdienste für die Förderung dieser Wissenschaft sind seine Übersetzungen von Ciceros Officien, Senecas Beneficien, Boethius Tröstung der Weisheit und der Odyssee aus dem Lateinischen in's Holländische. Diese Schriften gab er im Anfange der 60er Jahre in Haarlem heraus und zwar in seiner eigenen Druckerei; er hatte dieselbe nämlich, weil es in Haarlem noch keine gab, dort wahrscheinlich mit seinem Freunde Jean van Zuren unter hohen Privilegien gegründet, sie bestand in den Jahren 1561 bis 1563[2]).

Durch die classischen Studien veranlaßt, vertiefte er sich mehr und mehr in ethische Fragen, die der Vergleich der alten Weltanschauung mit der neueren Betrachtungsweise ihm aufdrängte. Er hatte seine classischen Studien gerade damals begonnen, als die junge Reformation durch den Drang der Umstände in greifbare Inconsequenzen verfiel. Mit seinem hellen Blick und klugen Verstand sollte er sofort die wunden Punkte in den Lehren der verschiedenen protestantischen Kirchen entdecken. Dem neuen Glaubenszwang wußte er nur eine unbegrenzte Ehrerbietung für die Bibel, wie auch eine staunenerweckende Belesenheit in derselben gegenüberzustellen, ihre Sprüche wußte er mit unverkennbarem Scharfsinn mit den alten Ethiken von Cicero und Seneca in Übereinstimmung zu bringen [3]). Seit dieser Zeit entwickelte er eine überfruchtbare Schreibtätigkeit, die sich die Verteidigung und Auseinandersetzung obiger Principien zum Ziel setzte.

Die rührige Tätigkeit des Mannes, seine Energie und sein strebsamer Geist mußte die Aufmerksamkeit der leitenden

---
1) J. ten Brink. S. LI.
2) Bibl. Belg. C_{131}. Die Übersetzungen in den verschiedenen Ausgaben unter $C_{131-133}$. C_{80-86}. S. $85·86$.
3) J. ten Brink pag. LVI.

Persönlichkeiten in Haarlem auf ihn gelenkt haben, vielleicht auch hatte Basius ihn empfohlen, denn jetzt wurde er im Jahre 1561 durch den Magistrat von Haarlem zum Notar und schon bald darauf am 15. Januar 1562 zum Secretär der Stadt ernannt und endlich am 11. März 1564 zum Secretär der Bürgermeister befördert[1]).

2. Coornhert als Sekretär der Bürgermeister zu Haarlem.

In dem neuen verantwortlichen Amte, in dem er viele Mühen zu ertragen hatte, erlebte Coornhert das stürmische Jahr 1566, die Zeit der religiösen Volksaufstände, der kirchenschänderischen Frevel und der Geusen. Zu wiederholten Malen wurde Coornhert von der Stadt zum Prinzen Wilhelm von Oranien, mit dem er später in nähere Berührung kam, deputiert. Traurige Zeiten nahmen für ihn ihren Anfang. Graf Hendrick van Brederode, der Sohn des verstorbenen Reynoudt hatte im Namen der Edlen der Niederlande den Request an die Statthalterin Margaretha von Parma überreicht, kam aus Brüssel in die nördlichen Provinzen zurück und suchte unter den einflussreichen Bürgern Unterzeichneter für denselben. So begab er sich auch nach Haarlem, wo Coornhert, obschon er seit 10 Jahren wegen eines Processes mit dem Grafen in Uneinigkeit lebte [2]),

---

1) Coornh. I. *het leven*. Fol. 1. c.
2) Ten Brink LIX. Anm. 32, vermutet, daß Hendrick sich gegen die eine oder die andere Bestimmung im Testamente seines Vaters zum Vorteil von Coornh.'s Schwägerin Anna Symon widersetzt hätte, und daß daraus der Proceß entstand, weil nämlich Graf Reynoudt gerade im Jahre des Proceßanfanges starb.

vom Magistrate beauftragt wurde, denselben zu bewillkommnen[1]).

Am Abend des Empfangstages, am 18. Mai 1566 bot ihm dann Brederode beim Bankett des Haarlemer Magistrates unter dem lärmenden Festgetöse „die Ratification des Requestes der Edlen" zur Unterzeichnung an. Coornhert ließ sich jedoch nicht überlisten und schlug die Bitte rundweg ab. Er hütete sich wohl, in dieser hochwichtigen Angelegenheit einen voreiligen Schritt zu tun und damit alle möglichen daraus entspringenden Consequenzen auf sich zu laden, die Initiative bei einer derart gefährlichen Sachlage zu ergreifen. Er hatte wohl daran getan, denn die Mitglieder des haarlemschen Magistrats stellten sich alsbald auf die Seite ihres Sekretärs und beauftragten ihn, sich am 25. Mai nach Petten zu Brederode zu begeben, um diesen im Namen der Haarlemer Bürgermeister zu ersuchen, die Ratification ihren Bürgern nicht mehr aufzudrängen. Dies hatte einen guten Erfolg, denn die Edlen ließen von nun an die Bürger unbehelligt. Dennoch wurde die Unruhe unter dem Volke immer größer und größer, man begann im Freien zu predigen, und die fieberhafte Aufregung der Gemüter wurde von

---

1) Die folgenden Ereignisse teilt Coornh. mit in seinem *Cort begrip, verhael, ofte recueil etc.*, das noch heutigen Tages als Manuskript im belgischen Reichsarchiv zu Brüssel unter den Papieren des Rats der Unruhen liegt. Ten Brink, der Anmerkungen hierüber von Prof. Joh. van Vloten empfangen, benutzte diese in seinem Buche über Coornh. pag. LVIII bis LXIX. In den *Studien en Bijdragen op't Gebied der hist. Theol. II Deel 1 Stuck* Amst. 1871 sagt J. van Vloten in den Aufsätzen *Noord Holland in't Genzenjaar* IV. S. 128: „*Men kan niet anders seggen, dan dat de Haarlemsche stadsregeering, in deze zorgelijke dagen met de meeste gematigdheid en verdraagzamheid te werk ging. Geen wonder voorzeker, met een secretaris aan hare zijde, als de voorbeldige Dirk Volkertsz, de even kloeke als bezadigde Coornhert.*"

Tag zu Tag gewaltiger, bis endlich die schlechten Elemente vollkommen die Oberhand gewannen. Die Bilderstürmerei nimmt von Ort zu Ort, von Stadt zu Stadt ihren rasenden Lauf und wächst zu immer gewaltigeren Dimensionen an. In Haarlem hört man anfangs nur dunkle Gerüchte, doch lauter und immer lauter werden alsbald diese Stimmen, von Tag zu Tag treffen die Berichte von dem rastlosen Fortschreiten der Wütenden ein.

Um sich gegen den Ansturm zu sichern, sendete der Magistrat seinen Sekretär zu Brederode nach Vianen, um sich Hülfe zu verschaffen. Doch wurde durch diese Botschaft nur bewirkt, daß in Vianen die Bilder in Ordnung und Ruhe aus den Kirchen und Kapellen fortgeräumt wurden, Haarlem blieb auf sich selbst angewiesen. Bis Coornhert von seiner Sendung zurückkehrte, mußten sich die Bürgermeister mit einer List aus ihrer drangvollen Lage helfen, sie proklamierten, daß ein Übeltäter mit Namen N. Kuit nach Haarlem gekommen sei, um die Stadt in Brand zu stecken. Unter dem Vorwande, diesen in der Stadt aufsuchen zu wollen, schlossen sie die Thore zwei Tage lang[1]) und hielten so, bis schützende Maßregeln getroffen waren, die Wut der Bilderstürmerei noch fern von ihren Mauern. Als Coornhert dann zurückkam, trieb er den Magistrat energisch zur Abwehr des Bildersturms. So werden dann am 23. August die Kirchen verschlossen und das Ärgernis vermieden, aber die Wallung unter der Menge war so groß, daß Coornhert am folgenden Tage die Kelche, Zierrate und Ornamente aus dem St.-Cäcilien Convente, welches Frauenkloster an sein Haus in der St. Jaenstraat stieß, in Verwahrung nehmen und die geängstigten Schwestern trösten mußte.

---

1) Bor. I. St. II. B. Fol. 62.

Nach diesen Ereignissen reiste Coornhert vom 28. October bis zum 6. November als Begleiter des Bürgermeisters von Duyvenvoorde nach Schoonhoven, um mit diesem der Staatenversammlung beizuwohnen. Zugleich empfing er dort vom Grafen Ludwig von Nassau eine französisch abgefaßte Bittschrift von Antwerpener Kaufleuten an den König von Spanien, um sie in's „Deutsche" zu übersetzen, ging dann auf Ansuchen desselben nach Vianen und Utrecht und weiter mit einem Auftrage Oraniens nach Amsterdam. Seit dieser Zeit sehen wir überhaupt nahe Beziehungen zwischen Coornhert und Oranien; dieser hatte mit seinem ihm eigentümlichen Scharfblick jenen als den geeigneten Mann erkannt, der mit seinem durchdringenden Geiste ihm bei der Abfassung seiner zahlreichen, politischen Flugschriften behülflich sein konnte. Schon am 1. December dieses Jahres gab Oranien die erste Schrift in seinem Feldlager aus: „*Waerschouw aende inghesetene deser Nederlanden, pro Lege, Rege et Grege*", bei deren Abfassung zuerst die Tätigkeit Coornhert's für Oranien begann[1]). Für sein ganzes späteres Leben sollten diese Beziehungen von großer Wichtigkeit werden, schwerlich wäre wohl Coornhert ohne diese mächtige Protection in den nun folgenden, für ihn so unglücklichen Zeiten mit dem Leben davongekommen, denn wahrlich sich selbst hatte er es am wenigsten zu verdanken, wenn ihn nicht das Schicksal eines Servet erreichte. Als er darauf von seiner Reise nach Haarlem zurückgekehrt war, erfüllte er den Auftrag des Grafen von Nassau, übersetzte den Request der Kaufleute in's Niederländische, und schickte ihn dem Grafen durch Reynier Kaut zurück[2]).

---

1) Nach der mündlichen Erklärung Bors, wie der Biograph C.'s vor den Werken in einer Randbemerkung meldet, war diese Schrift von Coornhert verfaßt.

2) In diesem Request baten die reformirten Kaufleute um

So war das Jahr 1566 dahingegangen. Nur noch kurze Zeit sollte er im Dienste des Magistrats verbleiben, denn seine letzte Sendung führte er schon am 28. April des folgenden Jahres aus. Er wurde damals nach Amsterdam geschickt, um Maßregeln gegen die Übergriffe der Brederodeschen Truppen zu ergreifen, eine Botschaft, die ihm verhängnisvoll wurde.

3. In Gefangenschaft und Verbannung.

Der sich jetzt durch allerlei Anzeichen verkündigenden, drohenden Gefahr, wie hauptsächlich den Nachstellungen Brederodes suchte Coornhert durch eine Reise nach Köln zu entgehen. Ungeachtet der Bitten seiner Amtsgenossen, die ihn zu halten wünschten, begab er sich über Harderwijck und Deventer dorthin. Doch nach drei Wochen kehrte er schon wieder nach Deventer zurück, um sein Gepäck und seine Bibliothek aufzusuchen, die er seit seiner Abreise aus Deventer vermißt hatte. Was er gesucht, fand er zu Emmerich. Er sandte dann seine Bücher nach Köln, wo er die Rechte zu studieren gedachte und zog mit seinem übrigen Gepäck nach Deventer in das Haus seines Freundes Hendrick van Merckel, um dort seine Frau aus Haarlem zu erwarten und dann mit ihr nach Köln zu gehn. Da er jedoch vernahm, daß Brederodes Kriegsknechte aus Haarlem und Umgegend verschwunden waren, kehrte er dahin zurück, gab nach einigem Zögern den Bitten seiner Freunde nach und trat seinen Dienst wieder an.

---

die Erlaubnis, eine Kirche oder ein Predigthaus in Antwerpen bauen zu können.

Er hoffte als guter Bürger, der stets seine Pflicht getan, stets den Aufstand abzuwehren suchte und sich nicht wie sein Bruder Clemens mit Brederode eingelassen hatte, daß er den schrecklichen Gerichten Albas, welcher jetzt seine Tätigkeit in den Niederlanden begann, entgehen würde. Aber es sollte anders kommen. Am 14. September klopfte des Abends um 10 Uhr ein Knappe an die Wohnung Coornherts in der St. Jaensstraat zu Haarlem, um ihn, der sich nach seiner Gewohnheit bereits zur Ruhe begeben hatte, zum Oberrichter zu entbieten. Dieser verhaftete ihn sofort im Namen des neuen Statthalters Bossu. Coornhert wurde wie der schlechteste Übeltäter gefesselt in den Haag geführt und in den Kerker geworfen. Der Rat der Unruhen hatte seine Tätigkeit begonnen.

In der Gefangenschaft hätte es elend genug für ihn ausgesehen, wenn er nicht durch die Güte des ihm persönlich bekannten Procureur General Tinte, Feder und Papier erhalten hätte, um sich geistig beschäftigen zu können. Hauptsächlich poetische Schöpfungen sind in dieser Zeit entstanden, während er sich in den Jahren vorher fast ausschließlich mit ethischen Studien beschäftigt hatte, deren Resultate er in kleineren Abhandlungen niederlegte. Meistens waren es Vorstudien zu seinem späteren, großen Hauptwerke Wellevenskunste, seiner Ethik.

Durch seine Gefangenschaft wurde seine Frau auf's heftigste erschüttert, täglich kamen Nachrichten von neuen Hinrichtungen, so daß sie auch das Schlimmste für ihren Gemahl fürchten mußte. In der Verzweiflung ihrer Seele ging sie in die Häuser armer Pestkranker, um ihnen zu helfen, in Wahrheit aber, um selbst von der Krankheit ergriffen und hingerafft zu werden, damit sie nicht den Tod ihres Mannes erlebe. Als Coornhert davon erfuhr, tadelte er sie ernstlich und ermahnte sie, mit ihm auf Gott zu hoffen, der ihn nicht verlassen würde [1]). Die Befreiung blieb auch nicht lange aus. Eine Apologie [2]), die er in diesen Tagen geschrieben und dem Rate der Unruhen eingeliefert hatte, erwirkte ihm die Erlösung, freilich nur eine teilweise, denn er wurde zwar am 22. December aus dem Gefängnis entlassen, durfte aber nicht aus dem Haag hinausgehen. Die 14 Wochen lange Gefangenschaft hatte seiner Gesundheit merklich geschadet.

Kurz nach seiner Entlassung erhielt er eine Warnung, daß von Brüssel wieder ein Verhaftsbefehl gegen ihn eingetroffen sei. Deswegen begab er sich heimlich mit Hülfe von Junker Artus von Brederode nach Haarlem und flüchtet von da aus dem Lande.

Im Frühjahr 1568 begab er sich nach Cleve und darauf nach Xanten. Er ernährte hier in der Verbannung sich und seine Familie mit dem Grabstichel. Hier war es auch, wo er die Talente seiner Schüler der berühmten Kupferstecher der holländischen Schule Hendrick Goltzius [3]) und Philipps Galle [4]) heranbildete. Im Übrigen war seine Zeit voll ausgefüllt mit politischen Correspondenzen [5]); er blieb beständig mit Wilhelm von Oranien in Beziehung und mußte für diesen auch im December 1570 eine politische Mission nach Emden [6]) vollführen, die er zur vollen Befrie-

---

1) Coornhert I. *het leven* Fol. I c.
2) Das ist die schon erwähnte Schrift: *Cort, begrip, verhael etc.*, siehe S. 9. Anm.
3) Vergl. ten Brink pag. LXXIV. Anm. 57.
4) Bor. XXVIII. 451.
5) Vergl. einen Brief an Wilhelm von Oranien und ein Memoire von ihm in seiner kurzen Biographie Coornh. I. Fol. 2. a b.
6) Brandt I. 517. Bor. V. 331.

digung des Prinzen vollendete. Der Graf von Emden hatte 10 oder 11 Schiffe der Geusen, die nach England und Norwegen bestimmt waren, fortgenommen, um sich vor der Anklage Albas, daß die Grafen von Ost-Friesland die Freibeuterei Oraniens unterstützten, zu rechtfertigen. Um die Schiffe wieder zu erhalten, sandte darauf Oranien Coornhert dorthin, dessen Gesuch allerdings abgeschlagen wurde, der aber doch das erreichte, daß die Schiffe nicht mehr so scharf bewacht wurden und bald Gelegenheit zu entschlüpfen fanden.

Im Sommer 1572 kam Coornhert dann für eine kurze Zeit nach Haarlem zurück. Oranien hatte ihn am 18. Juli 1572 in einer Unterredung zu Aldekerken dazu vermocht, dem Lande nützlich zu sein und mitzuwirken für die Freiheit Hollands. Kaum in Haarlem angekommen, wurde ihm das hohe Ehrenamt eines Secretärs der Hoogmogenden Heeren Staaten van Holland angetragen und ihm mit 2 andern Mitgliedern der Staaten der ehrenvolle Auftrag zu Teil, eine Untersuchung gegen den Grafen von Lumey anzustrengen.

Dieser hatte sich als einer der Befehlshaber der Geusenflotte mit seinen Offizieren viele Gewalttätigkeiten zu Schulden kommen lassen und die Küstenbewohner auf's ärgste gebrandschatzt. Coornhert sollte dagegen das Strafverfahren einleiten, ein Vertrauensposten, der leider seine abermalige Flucht bewirkte. Coornhert hatte die Untersuchung beinahe schon zu Ende geführt, das Material zusammengestellt und die Schuldigen erkannt, als diese sich durch einen kühnen Griff seiner zu entledigen suchten. Sie benutzten die Erbitterung, die gegen die Katholiken unter dem Volke herrschte, um dieses auf ihn zu hetzen. Bei irgend einer Gelegenheit hatte Coornhert sich für die Wiederaufnahme der freien Religionsübung, also für die Katholiken ausgesprochen. Durch den erbitterten Haß veranlaßt, den die Offiziere Lumeys gegen ihn, als das Haupt der Untersuchungscommission, hegten, schalten sie ihn deswegen einen verabscheuungswürdigen Papisten und erklärten ihn alsbald für vogelfrei. Um sich den Ausschreitungen des dadurch aufgereizten Pöbels und den ferneren Nachstellungen der Offiziere zu entziehen, sah Coornhert sich abermals genötigt zu entfliehen und begab sich nach Xanten[1]). Dieser nichtigen Sache wegen wollte er sich nicht zu einen Märtyrer machen, er mußte seine Kraft für schlimmere Zeiten sparen.

Hier in der Verbannung beschäftigte er sich hauptsächlich wieder mit den alten theologischen Fragen, die ihn nie in Ruhe ließen, und gab als erste Frucht dieser Studien seine 3 Bücher: „Über die Zulassung und den Ratschluß Gottes" in Altena heraus[2]). Es ist die erste Schrift, die am Anfange des großen Streites steht, den er von nun an mit den Predigern der reformirten Kirche begann. Die calvinischen Prediger hatten ihn verleumdet und von ihm ausgesagt, daß er von tötlicher, pestilenzialischer Krankheit befallen sei, ein Ausspruch, den sie nur in Hinsicht des Glaubens verstehen konnten. Zur Abwehr dieser Verleumdung setzte Coornhert nun in dem oben erwähnten Werke die Gründe und Ursachen auseinander, die ihm verböten, den calvinischen Meinungen zuzustimmen.

„Wenn Calvin sage, Gottes Wille sei der Wille von allem, was in der Welt geschehe, so sei dies nicht wahr, denn dann müßte Gott auch der Urheber der Sünde sein, Augustin lehre aber dagegen, Gott lasse die Sünde nur zu, er dulde

---

1) Brandt I. 535.
2) *Van de toelatinghe ende Decrete Godes''* Coornh. II. 526 bis 534. Bibl. Belg. $C_{108. 109}$.

sie nur. Wenn Calvin dann weiter sogar behaupte, daß die Sünden durch den Ratschluß Gottes entständen, so wäre das gegen die Schrift, und wenn er ferner leugne, daß Adam gut geschaffen sei, so sage die Bibel dagegen, Gott sah nach der Schöpfung, daß alle Dinge gut waren. — Beza gehe noch weiter und behaupte: „Gott schafft jeden, den er will, zu gerechter Verdammung, und das um seiner Glorie willen;" damit aber würde Gott den Menschen Unrecht tun, nur damit er Gutes davon habe, und das streite gegen die Gerechtigkeit Gottes. Soll die Verdammnis gerecht sein, so muß auch eine Schuld da sein; diese aber kann nicht sein, wo keine Sünde ist. Konnte Adam nicht freiwillig gegen das Gebot Gottes handeln, so war er auch nicht schuldig und somit nicht gerecht verdammt, demnach hätte nicht Adam sondern Gott selbst gesündigt. — Und dies sollte Gott seiner Glorie willen tun? Das wäre doch eine gar unwürdige Glorie. Anders spräche dagegen der heilige Geist, der sage: „Gott sucht seine Glorie darin, daß er den Menschen Gutes tut in der milden Austeilung seiner Gaben. Wenn ein Arzt einen Brunnen vergiftet und dadurch die Bürger tötet, nur um die Ehre seiner Kunst bei der Heilung von sehr wenigen Bürgern zu zeigen, würde der Mörder dadurch Ehre erringen? Eine solche Ehre schreiben Calvin und Beza Gott zu. — Gott kann alles, was er will, aber er will nicht alles, was er kann, und da Gott gut ist, so will er das Gute und nicht das Böse. Gegen Gottes Willen kann nichts geschehen, aber ohne seinen Willen geschieht vieles. — Zu einer derartig gottlosen Lehre, wie sie die Calvinisten lehrten, könne er, Coornhert, sich nicht bekennen."

Von dieser Art war der Inhalt der Schrift, die doch gewiß einen gewaltigen Angriff gegen die damals herrschende Überzeugung enthielt, und dennoch ging sie fürs Erste ohne irgend welche

Wirkung an den Zeitgenossen vorüber, sie wurde totgeschwiegen. Obwohl Coornhert in derselben darum bat, man möge ihn, wenn es überhaupt möglich wäre, eines Besseren belehren, reagierte Niemand darauf, erst 10 Jahre später wurde seine Arbeit wieder durch andere Umstände aus dem Dunkel gezogen.

Während der 2. Periode seiner Verbannung vom Herbste 1572 bis zum Frühjahr 1577 beschäftigte er sich ferner in seinen Studien, zuerst noch ganz unter dem Einflusse des Lumeyschen Gewaltactes stehend, hauptsächlich mit den politischen und inneren Zuständen Hollands und brachte in einer Abhandlung [1]) einen Vorschlag, um sich Lumeys und der Freibeuter zu entledigen [2]).

Die Stunde seiner Befreiung, die er so sehr ersehnte, hatte noch nicht geschlagen. Alba war abberufen, und Requesens hatte seinen Einzug in die Niederlande gehalten. Dann gab dieser, um sich die Niederländer durch Milde zu gewinnen, am 6. Juni 1574 einen allgemeinen Generalpardon aus, doch sonderbarerweise wurde mit wenigen andern Coornhert davon ausgenommen [3]). Oraniens Geistesverwandter sollte durch Philipps Statthalter nur als ein todeswürdiger Aufrührer erkannt werden können, und so gewann der Verbannte die traurige Überzeugung, daß für ihn bei beiden Parteien kein Platz mehr war [4]).

---

1) Interessant sind seine Vorschläge zum Frieden. Vergl. den betreffenden Brief in der Biographie. Coornh. 1. Fol. 2ᵇ. c. d. 3ₐ. b. c. Seine Ideen wirkten auf seinen Freund **Aggäus Albada** ein, der 1579 in den Kölner Friedensverhandlungen holländischer Abgeordneter war. Vergl. **Max Lossen**: der kölnische Pacificationsstreit.

2) Bibl. Belg. C.$_{4\,1}$. Coornh. 386—388. „*Boevenlucht ofte Middelen tot minderingh der schadelijke Ledigh-gangers*.

3) **Brandt** I. 553.

4) J. ten **Brink** pag. LXXVII.

4. Coornherts Charakter und Lehre.

Bevor wir uns jetzt dem weiteren Gang der Ereignisse und der Tätigkeit Coornhert's zuwenden, wird es an der Zeit sein, uns einen klareren Einblick in die Persönlichkeit und die Ansichten dieses Mannes zu verschaffen. Denken wir uns einen kräftigen Menschen von mittlerer Größe, breiten Schultern und behäbigem Gang, das große, offene Auge sinnend in die Ferne gerichtet, die hohe, von vielem Denken gewölbte Stirn tief durchfurcht von zahllosem Leiden, einen schmerzlichen Zug um den Mund, der an bittere Enttäuschungen gemahnt, und über dem ganzen, von einem Vollbarte umrahmten Gesichte eine gewisse Bitterkeit und einen Trotz, der die Unbeugsamkeit eines energischen Charakters uns entgegenhält, so haben wir Coornhert in seinem hohen Mannesalter, in der Zeit, da er durch rastlose Kämpfe, nur nach der Wahrheit strebend seine Gegner unermüdlich in Atem hielt. Würden wir den Mann hier so vor uns stehen sehen, so müssten wir vor seinem innersten Wesen eine tiefe Ehrfurcht empfinden und von der Hoheit seines Schmerzes gerührt und ergriffen sein, wenn nicht der eigentümlich energische Zug unsere ganze, erste Aufmerksamkeit auf sich lenkte und uns zu seiner Betrachtung immer wieder herausforderte. Ebenso, wenn wir die hervorragenden Charaktereigentümlichkeiten dieses Mannes aus seinen Taten zu verstehen suchen, ist es auch hier immer wieder dieser Zug, die rastlose Energie, die sich unserer Beobachtung vor allem aufdrängt. Diese Tatkraft scheute kein Hindernis, gehorchte nicht einmal den Warnungen der Klugheit, wenn es galt, das Ziel zu erreichen, der Wahrheit, die Coornhert als solche erkannte, den Sieg zu verleihen. Und war diese Wahrheit ein Phantom? Wir wollen es nicht entscheiden. Genug, daß sie ihm Wahrheit war. Das ist ein Mann, der ihr sein Leben widmet, ein ganzer Mann, verehren müssen wir ihn und seine Leiden bedauern. Und diese Energie ist erhaben, über allen Zweifel erhaben. Entflammt durch die heiligste Überzeugung, setzte er auf Gott sein ganzes Vertrauen, kämpfte für Gott, wenn er immer auf's Neue wieder zur Waffe griff und mit einem mutigen, echt christlichen Sinn alle daraus entstehenden, schweren Bedrängnisse und Trübsal mit Ergebung stets zum neuen Angriff bereit ertrug. Sein klarer Kopf machte ihn seinen Feinden zum gefährlichen Gegner, und oft genug wußten sie seinen treffenden Argumenten nichts entgegenzustellen. Durch keine Drohungen und Drangsale ihrerseits wurde sein unbefangenes Gemüt eingeschüchtert und verstört, ihre oft gemeinen Scheltworte zahlte er niemals mit gleicher Münze zurück, immer blieb er derselbe edle Mann. Sein Edelmut hat ihm über manche, schwere Stunde fortgeholfen, manches bittere Leid gemildert, wie auch die innige Liebe zu seiner Frau ihn nicht an der Menschheit verzweifeln ließ und ihn wieder aufrichtete in banger Not. Alle seine Leiden hatte er freilich selbst verschuldet, denn er war in seinen Ansichten gänzlich unpraktisch, ein großer Politiker wäre er niemals geworden, am allerwenigsten ein Realpolitiker, er erstrebte etwas, was in der damaligen Zeit unerreichbar war. Sollen wir den Mann darum schelten? bedauern müssen wir sein tragisches Geschick, denn tragisch ist, alle seine Pläne zertrümmert, alle seine Hoffnungen vernichtet zu sehen. Er ist immerhin einer von denen gewesen, die nicht umsonst gelebt haben, denn mag man über die Tragweite seiner Tätigkeit denken, wie man will, jedenfalls hat er in seiner Zeit eine nicht zu unterschätzende Bewejung hervorgerufen, die arminianischen Gedanken sind durch ihn entstanden. Wurden dann auch die daraus entspringenden Konflikte durch die politischen Strömungen verdunkelt, so darf man doch nicht außer Augen lassen, daß sie der eigentliche Hintergrund und die Folie der Zeitbewegung waren. Daß es aber nicht zu einer ausgeprägten Partei, die Coornhert's Namen führte und seine Ideen verfocht, gekommen ist, ist einzig und allein durch den energischen Widerstand zu erklären, den er selbst diesem Unterfangen entgegensetzte, er wollte nicht zu den vielen Parteiungen noch eine neue hervorrufen, wenn er auch nicht verhindern konnte, daß sich trotzdem einige seiner Anhänger Coornhertisten nannten.

Was war nun aber diese coornhertistische Lehre? Eine wohlberechtigte Frage, die aber leider etwas schwer zu beantworten ist, denn niemals hat Coornhert ein eigentliches theologisches System aufgestellt. Wir sind darauf angewiesen, aus allen seinen unzähligen Werken uns seine Lehre zurecht zu legen und zu construieren. Nun würde aber eine genaue Inhaltsangabe oder ein Resumé über jede einzelne Schrift eine ebenso mühevolle als undankbare Aufgabe sein, die auch durchaus nicht in den Rahmen dieser Arbeit passen würde. Zahlreiche Wiederholungen wären nicht zu vermeiden, welche sich aus der Tatsache erklären, dafs alle diese Aufsätze Coornhert's lediglich aus dem polemischen Bedürfnis entsprungen sind. Wir wollen daher kurz und übersichtlich die Hauptgesichtspunkte seiner Lehre und ihre charakteristischen Eigentümlichkeiten hier zusammenstellen.

Vor allem ist die vermittelnde Stellung hervorzuheben, die Coornhert allen religiösen Meinungen gegenüber einnahm, er erkannte in jeder Richtung Wahrheit, aber auch ebensoviel Irrtum, er ihn von jeder Bekenntnis einer der bestrittenen Lehren abschreckte. Somit ist er nie aus dem Verbande der katholischen Kirche ausgetreten, obgleich er ihre Irrtümer auf's genaueste erkannte, aber was sollte er aus einer Kirche heraus in eine andere treten, die ihm ebensoviele Falschheiten, wenn auch in anderer Richtung, zu enthalten schien. Er stellte sich nur auf den Boden der Schrift, und darüber hinaus ließ er nichts gelten, keine Tradition und keine Concilien, keine persönliche Meinung und keine Autorität. So gehörte er also im Grunde keiner Kirche an und hatte daher überall Feinde. Daraus erklärt sich auch der rastlose Kampf, den er sein ganzes Leben durchzufechten hatte; wollen wir diesen verstehen, so müssen wir uns hauptsächlich mit seiner Ansicht über die Lehre von der Erbsünde und vom freien Willen bekannt machen. Die übrigen Eigentümlichkeiten werden sich im Laufe der Darstellung von selbst ergeben und müssen hier bei Seite gelassen werden, um Wiederholungen, die dann notwendig würden, zu vermeiden.

Für seine Willenslehre unterscheidet er durchaus nicht pelagianisch im Menschen freiwillige, willige, gezwungene und notwendige Handlungen. Um diese Annahme zu erklären, bedient er sich folgenden Beispieles. Ein Kaufmann bedenkt, daß er mit seinen Waaren in Spanien mehr Gewinn, als zu Hause erlangen wird, er schifft sich deshalb ein und wagt die Seereise. Diese Tat ist vollständig freiwillig. Auf der See erhebt sich ein Sturm. In der Lebensgefahr sieht er sich genötigt, seine Waaren über Bord zu werfen. Diese Tat ist willig. Hier hatte er freie Wahl zwischen dem Verlust seines Lebens oder seiner Waaren und den Zwang, zwischen zwei Übeln das kleinste wählen zu müssen. Der Sturm nimmt zu, der Kaufmann erleidet Schiffbruch und wird in die See geworfen. Hier hört Überlegung und Wahl auf, und es herrscht nur noch der Zwang. Da jedoch ein Mensch in den Wogen nicht leben kann, so erfolgt der Tod des Kaufmanns nach einem Naturgesetz. Diese Tatsache erfolgt mit Notwendigkeit. Willige Handlungen geschehen nicht ohne vorhergehende Beratung und Wahl, sie nehmen ihren Ursprung nicht allein aus dem Menschen selbst und sind auch nicht ganz frei von Zwang, doch sind sie aller Notwendigkeit enthoben. Mit dieser Ansicht gehört Coornhert also eigentlich nicht zu den Indeterministen und demnach steht er sowohl im Gegensatz zu der lutherischen Ansicht von dem knechtischen Willen als auch zu Calvins unantastbarer, eisenharter Prädestinationslehre. Ferner verlegt Coornhert den Ursprung der Sünde in den Menschen und versucht die dadurch beeinträchtigte Allmacht Gottes durch folgenden Kalkül zu retten: Gott ist ewig, und somit ist bei ihm keine Vorherbestimmung der menschlichen Handlungen, sondern nur „eine gegenwärtige Voraugenstellung aller Dinge", die sind, waren und sein werden. Von Vorherbestimmung kann also nur vom menschlichen Standpunkte aus die Rede sein, insofern Gottes Allmacht durch keinen menschlichen Willen begrenzt werden kann. Tugend und Sünde bleiben jedoch vollkommen abhängig von der Willkür und dem freien Willen des Menschen. Dennoch ist die Wahl zwischen gut und böse nur scheinbar frei, da sie durch den intellektuellen Zustand des Individuums begrenzt wird und dessen ganzer Entwickelung vollkommen parallel ist. Jede moralische Tat ist daher willig, d. h. obschon durch freie Wahl zu Stande gekommen, ist sie dennoch beständig durch mächtige Einflüsse beherrscht, aber niemals durch irgend welche Notwendigkeit begrenzt. So stellt sich seine Ansicht über den Willen der Kirchenlehre gegenüber, wie er auch der pseudoaugustinischen Lehre von der Erbsünde entgegentritt. Die Annahme einer natürlichen Neigung zur Sünde in den Menschen bestreitet er in vielen Punkten, während er diejenige Formulierung der Lehre, die jede Bezeichnung der Ermahnung und Züchtigung, der Belohnung und Strafe aufhebt und die Sünde unter die eigenartigen Kennzeichen der menschlichen Natur einordnet, jede Schuld aus der Sünde entfernt und so den Begriff der Sünde selbst vernichtet, aufs entschiedenste verwirft. Der Ursprung der Sünde ist nur eine „willige Abkehr vom Guten durch die Verleitung von Lüge und Wahn" und kann sich nur in dem vernünftig ententwickelten Menschen offenbaren. Diejenigen jedoch, die diesen Ursprung in den ersten Menschen verlegen und Gott die ganze Nachkommenschaft dieses ersten Menschen zur Sünde prädestinieren lassen, schreiben Gott die Schuld der Sünde zu und entheben den Menschen aller Verantwortung. Aber Gott kann nimmer die Sünde verursachen, wohl sie aber zum besten Ende lenken. Der Mensch allein ist die Ursache seiner Sünde durch sein Irren und seine eitle Begehrlichkeit[1]).

Aus diesen Ansichten und Lehren Coornhert's erklärt sich also auf's schärfste seine Stellung zu den einzelnen Dogmen der Kirche und der heftige Streit, den er mit den Anhängern derselben führte. War diese Lehre der Inhalt und die brennende Frage seiner Streitigkeiten, so war aber die bedrohte Gewissensfreiheit der eigentliche Beweggrund zu denselben. In dieser lag der Impuls, der seinen Angriffen den eindringlichsten Nachdruck verlieh.

Hiermit sei genug gesagt über den Mann und seine Lehre; was wir angeführt, wird in die jetzt zu schildernden Ereignisse einen klareren Einblick gewähren und die eigentlichen Kernpunkte in den literarischen Streitigkeiten klarer hervortreten lassen.

---

1) Vgl. ten Brink: Aantekeningen.

5. Der Anfang der Streitigkeiten.

Noch war Coornhert in der Verbannung, und erst als Zuniga y Requesens im Jahre 1576 gestorben war, erst als Oranien in der Genter Pacification die Landschaften vereinigte, um sich mit Gut und Blut gegen die spanischen Tyrannen zu schützen, und durchgesetzt hatte, daß bis zur Regulierung der kirchlichen Angelegenheiten durch eine allgemeine Staatenversammlung die Strafbefehle wegen der Religion unvollstreckt gelassen werden mufsten, erst damals konnte Coornhert zurückkehren. So kam er 1577 im Februar nach Delft [1]).

Dort traf er mit zweien seiner alten Freunde zusammen, die beide reformiert waren und als Politiker bei den Staaten

---

1) Coornh. III. 156. In dem Bericht „*van de Leydtsche Disputatie*" § 5. Er geht also nicht, wie ten Brink meint, zuerst nach Haarlem; dorthin kommt er erst im März. Vergl. Coornh. III. 156. § 8.
Die hier folgenden Berichte finden sich alle in der *Leydtschen Disputatie* von Coornh., der den Verlauf der Begebenheiten selbst aus seinem Gedächtnis (bei den Verhandlungen sofort danach, vgl. Coornh. III. 161. § 34) mit Benutzung von Briefen und Urkunden, die er darin mitteilt, zusammengestellt hat. Dieselben wurden nach der Bibl. Belg. $C_{69.70}$ zuerst 1583 im August herausgegeben, im Jahre 1607 (1608) wieder abgedruckt und endlich 1630 in der Gesammtausgabe der Werke im 3. Bande Fol. 156—170 aufgenommen. Weitere Berichte, die zum großen Teil hierauf beruhen, finden sich bei Bor XIII. 23 a. *Uytenboogaert* 198—200. bei G. Brandt I. 597 ff., der sich noch auf einen ungedruckten Brief Coornh.'s an *Gosuin Exkens*, den er gelesen haben will, bezieht; unabhängig vom obigen Coornh. III. 361. c., wo man auch die Ansicht von D'Aneau (Daneus), der auf der Seite der Gegner steht, und dessen Schimpfreden auf Coornh. die Veranlassung zur Herausgabe der Disputatie im Jahre 1583 gaben, hierüber lesen kann, die Coornh. widerlegt.

in hohem Ansehen standen. Er besprach sich mit ihnen über die Lage der Religionsbekenntnisse in den Niederlanden und bedauerte, dafs die Schriften Calvins und Bezas, die geradezu den Gewissenszwang und das Ketzertöten lehrten, durch die Prediger in den Niederlanden so sehr verbreitet würden. Er sähe sich daher gezwungen, die Mittel, die ihm von Gott verliehen seien, dagegen zum Dienste der Landesfreiheit zu gebrauchen. Könnten sie, seine Freunde, ihm jedoch beweisen, dafs dies Vorhaben dem Gemeinwesen hinderlich und die Lehre Calvins der Schrift gemäfs sei, oder aber, dafs die Einführung des Gewissenszwanges und des Ketzertötens durch die Aufforderungen der Prediger in Holland und Seeland, den Genfern hierin zu folgen, nicht zu befürchten wäre, so wolle er sich gewifs ruhig und still halten. Die Freunde wufsten nun allerdings nichts Sachliches einzuwenden und empfahlen ihm nur, die Sache ruhen zu lassen, denn die Prediger würden sich doch immer mühen, das Ketzertöten und den Gewissenszwang einzuführen. Durch den eindringlichen Ernst ihrer Reden und durch ihre freundlichen Bitten bewogen, versprach Coornhert den Freunden auch, die Frage auf sich beruhen zu lassen, wenn er nicht durch eine äufsere Veranlassung zu ihrer Anregung veranlafst würde.

Die eigene Initiative also zum Vorgehen in dieser Angelegenheit hatte Coornhert hiermit aufgegeben, doch lag es unbedingt in seinem Charakter begründet, dafs die Sache öffentlich zur Sprache kommen mufste. Er, der sich überall eifrig mühte, die Menschen auf den rechten Pfad der Erkenntnis zu bringen, konnte sich unmöglich in dieser Zeit, wo der Gewissenszwang über alle Meinungen herrschte, dem neutral gegenüberstellen und mufste, wenn er sich auch für das öffentliche Auftreten die Hände gebunden hatte, im privaten Verkehr überall diese Vorurteile bekämpfen. So ereignete es sich, nachdem er im März 1577 nach Haarlem, das jetzt auf des Prinzen Seite übergegangen, gekommen war, dafs er daselbst im April in einer Gesellschaft mit einem vormals sehr eifrigen Katholiken zusammentraf, der sich jetzt hoch rühmte, die römische Kirche verlassen zu haben und in die reformierte eingetreten zu sein. Coornhert merkte bald, dafs der Mann ebensowenig Kenntnis hatte von der Kirche zu der er übergegangen, als von der, die er verlassen, und sagte ihm deshalb, dafs es wohl noch zu bedenken stehe, ob er besseres gefunden, als verworfen hätte, ohne im weiteren Verlaufe der Gesellschaft hierüber noch einige Worte fallen zu lassen. Eine bald darauf hinzutretende Begebenheit brachte dann die Angelegenheit an die Öffentlichkeit. Von einem gewissen Commissar des Prinzen wurde Coornhert nämlich befragt, weshalb er 1572 das Secretäramt der Staaten von Holland verlassen und sich wieder nach Xanten begeben hätte. Er antwortete, was wir schon wissen, dafs die Hauptleute Lumey's, die ihn ja wegen der angestellten Untersuchungen auf's bitterste hafsten, ihm nach dem Leben getrachtet und sich durch den Vorwand zu rechtfertigen gesucht hätten, dafs er ein arger Papist sei, weil er für das den Katholiken zu Dordrecht gegebene Versprechen der freien Religionsübung eingetreten sei. Kaum hatte diesen Grund einer, der beim Gespräch zugegen war, ein Reformierter und notorischer Trunkenbold, gehört, als er schon Coornhert einen argen Papisten nannte und ihn als einen Verteidiger der Götzendiener beim früheren Abte von St. Barnarts Thomas van Thielt aus Delft, der damals in Haarlem predigte, wie auch beim Prinzen Wilhelm von Oranien zu verklagen drohte. So sah sich Coornhert, der aus Erfahrung wufste, was eine falsche Anklage vermag, genötigt, um Streitigkeiten vorzubeugen, zu Thomas Tilius zu gehen und sich zu erkundigen, ob der Ankläger bei ihm gewesen wäre. Tilius mufste dies verneinen, teilte ihm aber mit, dafs er gehört habe, Coornhert halte die römische Kirche für besser als die reformierte, eine Anklage, die sich wohl auf das erste Gespräch in Haarlem bezog. Obgleich Coornhert dies nun eigentlich nicht gesagt hatte, gab er doch zu, dafs er dieser Meinung sei, da er ja immer noch zur katholischen Kirche gehöre, und wollte die Wahrheit dieser Ansicht auch sofort mit einer Schrift beweisen, doch Thielt hatte viel zu tun und bat ihn, davon abzustehen, wenn er von seinen Geschäften frei wäre, wolle er ihn dazu auffordern. Coornhert läfst die Sache jedoch keine Ruhe. Zu Hause angekommen, verfafst er zur Verteidigung seiner Aussage ein Schriftchen von drei Seiten und erklärt darin, dafs er unter reformierter Kirche diejenigen Kirchen verstände, die in den Hauptpunkten der Prädestination, der Iustification und des Ketzertötens der Lehre Calvins und Bezas folgten, diese Kirche sei aber keine Kirche; er beweist dies aus Calvins eigenen Worten und aus klaren Beweisen über Mission und Sendung der Prediger vornehmlich Luthers und Zwinglis. Diese Schrift schickte er an Thielt, damit dieser seine Aussage besser erkenne, und mit der Bitte, ihn, den Thielt lernbegierig finden würde, eines Besseren zu belehren. Doch dieser reiste, obwohl er Coornhert zweimal zugesichert hatte, hierüber mit ihm allein und freundlich zu verhandeln, ohne es zu tun, nach einigen Monden nach Delft zurück. Von hier aus schickte er Coornhert dann einen grofsen Brief, in dem er mit seinen Helfern sich bemühte, die Sendung Luther's und Zwingli's zu beweisen, was ihm aber nach der Meinung Coornhert's nicht gelang. Am Schlusse dieses Briefes vom 15. November 1577 versprach er, Coornhert mit seinen Mithelfern genaueren Bescheid zu tun und mündlich mit ihm zu verhandeln.

Nachdem Coornhert dann zur Beschleunigung der Sache nach Delft gereist war, glaubte er dort mit Thielt allein zu verhandeln, doch stellte ihm dieser gegen seinen Willen 2 jüngere Leute, die Prediger Arent Corneliszoon[1]) und Reynier Donteclock gegenüber, die sich sogar noch weigern, ihm sofort Bescheid zu tun. Erst nach längeren Verhandlungen wird der 24. Februar 1578 dazu gemeinschaftlich verabredet und festgestellt, dafs man über folgende Punkte: über die sichtbare Kirche, worin die Sendung der Prediger mit einbegriffen sein sollte, über die Justification, über die Vollkommenheit des Menschen in diesem Leben, den freien Willen und die Kraft des verstorbenen Menschen zur Seeligkeit und schliefslich über die Prädestination verhandeln wolle. Dafs Coornhert mit diesen beiden viel jüngeren Leuten disputieren sollte, war durchaus nicht nach seinem Wunsche, denn er hatte mit einen bedächtigen, reifen, ernsten und guten Mann unterhandeln zu können geglaubt. Nichtsdestoweniger trat er am festgesetzten Tage in die Verhandlungen ein früh morgens um 9 Uhr im Beisein von 10 oder 12 anderen Personen. In Betreff des Verlaufs der Unterredung wurde hier festgestellt, dafs die Prediger auf Coornhert's Fragen und Vorwürfen aus den Schriften Calvins und Bezas, soweit sie dieselben gelesen hatten, antworten sollten, ferner, dafs auf beiden Seiten 12 Personen teilnehmen dürften, wenn auch Coornhert gern weniger Zuhörer dabei gehabt hätte.

Am andern Tage vor 9 Uhr kamen sie zusammen. Die Prediger warfen jedoch die Tagesordnung um und brachten fast den ganzen Morgen damit zu, Coornhert zu fragen und ihm zu gebieten, worauf und was er antworten solle, und

---

1) n. d. Bibl. Belg. A. Corneliszoon (Croese).

sagten ihm ausdrücklich, dafs es ihnen zustände, ihn zu unterweisen und zu führen, ihm aber von ihnen zu lernen und ihnen zu folgen, während doch nach den vorhergegangenen Verhandlungen, er die Fragen stellen und sie antworten sollten. Als am Nachmittage dann weiter verhandelt werden sollte, erschien der Procureur General, um im Namen der Staaten die Versammlung aufzulösen. Am folgenden Tage sandte dann Coornhert den Predigern einen Brief des Inhalts, dafs er keineswegs, wenn er über die Verhandlung befragt würde, zu seiner Unehre schweigen würde, sondern die Wahrheit reden wolle, die durchaus nicht zu ihrer Ehre gereiche, und sprach ferner den Argwohn darin aus, dafs auf ihre Veranlassung das Gespräch verboten wäre. „Ihr mufstet selbst bekennen, dafs Ihr von der Tagesordnung abgewichen wäret, und wenn Ihr Euch damit entschuldigt, dafs es aus gutem Grunde geschah, so war das eben kein anderer, als der, nicht an die Sache selbst zu kommen. Ihr verstandet meisterlich, Euch zum Meister über mich zu machen. Denkt Ihr, dafs ich Euch hierin Unrecht tue, so unterrichtet mich davon und ich werde es lassen". Diesen Brief brachte er dann am Tage darauf selbst in das Haus des Arent Corneliszoon, um dann schon mit ihm zu verhandeln. Doch er traf ihn nicht an und gab den Brief ab, meldete seine Wohnung und bemerkte auch, dafs er noch 3 oder 4 Stunden in Delft bleiben würde, wenn die Prediger ihm noch etwas mitzutheilen wünschten.

Darauf kam auf dem Markte der Stadt Donteclock zuerst allein und nachher in Begleitung von Corneliszoon zu Coornhert und setzte ihm auseinander, dafs nicht sie die Ursache des Verbotes gewesen wären, noch auch hätten sie von dem rechten Gange der Verhandlung abweichen wollen. Das erstere räumte Coornhert ihnen gerne ein, da er nicht wufste, ob durch ihr Zutun die Staaten das Verbot hätten ergehen lassen, das zweite könne er aber keineswegs zugeben, da er es ja selbst mehr als 20 Mal bemerkt habe. Die Prediger bemerken darauf, sie würden ihm auch einen Brief schreiben, und als Coornhert ihnen in seiner überlegenen Ruhe antwortet: „das verbietet Euch Niemand, tut es nur, ich werde ihn lesen", werden sie erregt, schelten auf ihn ein und werden überlaut, so dafs das Volk aufmerksam wird, und er sich genötigt sieht, ihnen laut zu entgegnen: „Schonet Euren Stand und mein Alter, Zorn bringt nichts gutes, wollen wir denn den Torfträgern gleich werden". Doch diese werden nicht ruhiger, sie fangen an ihm zu drohen, Coornhert dagegen gewinnt seine volle Ruhe wieder, weist auf's Rathaus: „ruft mich dorthin, ich werde zu Euch kommen" und ging von ihnen [1]). Dieser ganze Auftritt ist so charakteristisch für die beiden Parteien, die von nun an immer bis zum Lebensende Coornhert's mit einander ringen werden, dafs es wohl der Mühe wert war, ihn hier zu schildern. Die ruhige Besonnenheit Coornhert's, eines Mannes, der mit aller Kraft der Wahrheit für seine Überzeugung eintritt, der, wenn er auch im Unrecht sein sollte, immer weit über die niedrige Gehässigkeit seiner Gegner hervorragt, auf der einen, und das aufgeregte, kleinliche Wesen der Prediger auf der

---

1) Dieser Bericht über den Delfter Handel ist in Coornherts Leydtscher Disputatie dreimal angeführt, einmal Fol. 157 § 11—18 als Erzählung Coornherts, das zweitemal Fol. 158 § 25 (und Fol. 159. § 28) als offizielle Aussage Coornhert's vor den Commissaren, das drittemal Fol. 159 § 26 und 28. Dieser letzte Bericht ist von dem arg parteiischen Standpunkte der Prediger aufgefaßt, enthält aber eine detaillirte Schilderung. Zu der anfänglichen Streitfrage mit Thielt sind ferner noch Coornhert's Aufsätze von 1577 zu vergleichen.

a. *Bedacht schynende met te oreughen dat die Roomsche Kerke beter zy, dan der Ghereformeerden.*

b. *ander ende corter bewijs:* Coornh. I. 485—487.

andern Seite, die ihrer erregten Stimmung nicht allein in den gröblichsten Schimpfwörtern über Coornhert Luft machen, sondern auch oft mit unerlaubten Mitteln und Winkelzügen seiner Herr zu werden suchen, geben immer und immer wieder den Schriften und Disputationen ihre charakteristische Färbung, so dafs ein wirkliches Resultat nie erzielt werden konnte.

6. Die Disputation zu Leyden.

Nach dem unerwarteten Abbruch der Delfter Unterredung wandten sich Coornherts Gegner an die Herren Staaten im Haag mit dem Gesuch um weitere Fortsetzung derselben. Es wurde ihnen gewährt. Coornhert erhielt darauf von seinem Haarlemer Bürgermeister im Auftrage der Staaten die Aufforderung, sich zu diesem Zweck am 6. April in Leyden einzufinden. Coornhert antwortete: „obgleich ich nicht als Priester und Diener der Staaten gebunden bin, diesem Befehl zu gehorsamen, noch dazu auf meine Kosten und auf mein Zeitversäumnis, so bin ich doch aus Liebe zur Ehre Gottes und der Menschen Heil bereit, mich am genannten Tage in Leyden einzufinden". Er meldete sich bei den dazu bestimmten Commissaren Meester Leenaert Casenbroot, ordentlichem Rat des Hofs von Holland und dem Pensionar Gerard Melisen [1]), die ihm mitteilten, dafs 2 Notare, von denen je einer von jeder Partei zu wählen sei, die Verhandlungen niederschreiben sollten. Nachdem Coornhert auf ihre Frage hin ihnen alsbald den Stand der Dinge auseinandergesetzt hatte, meinte Melisen, man müsse eine Propo-

---

1) Coornh. III. 158. § 24 heißt er Geraerdt Melisen. § 25 Gerard Hoogeveen. Fol. 169. § 61. Gerrit Meelisz.

sition anfertigen, die zu beantworten wäre, und an jedem Tage eine authentische Acta von den Verhandlungen niederschreiben, die am folgenden Tage vor Beginn der neuen Unterredung auszuliefern sei. Dem stimmte Coornhert als sehr wünschenswert bei.

Jetzt begann aber noch ein grofser Streit über die zu bekämpfenden Punkte und über die Reihenfolge, in der sie abgehandelt werden sollten. Als Coornhert die Aufforderung erhalten hatte, sich am 6. April zur Fortsetzung der Disputation in Leiden einzufinden, hatte er sofort am 11. März an die Prediger ein Schreiben gerichtet, worin er ihnen mit gutem Rechte die Hauptpunkte der Debatte, da er Angreifer derselben war, mitgeteilt hatte. Die Prediger hatten dieses Schreiben vollständig ignoriert und nach 14 Tagen ihrerseits Coornhert wieder Propositionen: die drei Artikel von der sichtbaren Kirche Gottes, von der Justifikation und drittens von der Kraft des natürlich verdorbenen Menschen zur Seeligkeit zugesandt, indem sie das Kapitel über Ketzertöten, worauf es Coornhert besonders ankam, vollständig bei Seite liefsen. Dieser Streit entwickelt sich hier in Leiden weiter: Während die Commissare vorschlagen, nach der Delfter Tagesordnung weiter zu verhandeln, stellen die Prediger dagegen sich auf den Standpunkt, dafs Coornhert nicht nur Angreifer der Lehre sei, sondern nach seinen Briefen an Thielt auch belehrt sein wolle, demnach könnten sie auch die Punkte aufstellen. Coornhert ist mit dem Vorschlage der Commissare zufrieden, im Gegensatze zu den Predigern behauptet er aber, da er die Lehre angreife, auch die Angriffspunkte aufstellen zu müssen. Die Prediger wahren sich vor allem gegen die Ketzerfrage, da es erstens kein Artikel des christlichen Glaubens sei, sondern wie das Diebshängen eine politische Frage, und sie zweitens dies nie gelehrt noch bei Calvin und Beza diese Generalproposition gelesen hätten, drittens hätten sie aber von diesem Vorhaben nichts gewufst und sich so nicht vorbereiten können. Mit vollem Rechte konnte Coornhert dagegen auftreten, sie stritten hier doch um die Berechtigung der calvinischen Lehre, und Justifikation, Prädestination und Ketzertöten wären eben die drei Punkte, die diese Lehre zu einer unwahren und tyrannischen machten, also müsse man auch über diese Punkte debattieren, wenigstens möchten sie sich doch hier drin erklären. Sie verweigern ihm aber die Auskunft, so dafs Coornhert nicht einmal weifs, zu welcher Partei sie sich eigentlich bekennen. Die Commissare hatten sich inzwischen auch ganz auf die Seite der Prediger gestellt, denn während dieser Vorverhandlungen war einer von ihnen nach dem Haag gereist und hatte sich von den Staaten diese Instruktion geholt. So sieht Coornhert, obwohl er nicht begreifen kann, dafs ihm in dieser Sache Billigkeit widerfahren sei, sich genötigt, seinen Willen zu Gunsten des der Staaten umzuändern; nach vielerlei Verhandlungen waren ihm folgende sehr unbillige Bedingungen gemacht. Er als Angreifer mufste auf die Punkte eingehen, die seine Gegner ihm stellten; — Coornhert meinte, das sei doch gerade so, als wenn die Bewohner von Haarlem dem Herzoge Alba befehlen wollten, an welchem Thore und wo er die Stadt beschiefsen und bestürmen solle. Ferner ward ihm verboten, die Schriften Calvins und Bezas anzuführen, er dürfe die Beweise seiner Gegner nur mit der heiligen Schrift widerlegen, auch wurde ihm gegen das frühere Versprechen eine authentische Copie der Verhandlungen verweigert. Er als alter Mann von schwachem Gedächtnis war 2 jungen Leuten gegenübergestellt, die sich gegenseitig unterstützten und obendrein noch die andern für sie günstigsten Bedingungen hatten. Das war ihm doch zu viel. Konnte er auf derartige Schuljungenbehandlung überhaupt eingehen? Das hatte er sich nach allen vorhergehenden Briefen und Versprechungen nicht träumen lassen, er war entschlossen abzulehnen. Doch 2 Freunde, denen er diese Absicht mitteilt, rieten ihm ernstlich davon ab und zwar mehr aus guter Neigung zu ihm, als aus wichtigen Gründen und hielten so mit ihren Bitten an, bis er ihren Wunsch über sein Vorhaben setzte und den Commissaren sagte, dafs er bereit wäre, unter den obigen Bedingungen, da es anders nicht möglich wäre, die Disputation anzufangen. —

Vom 6. bis zum 13. April hatten diese Unterhandlungen gedauert, so dafs man am 14. morgens um 8 Uhr endlich die Hauptverhandlung in einer Klosterkirche zu Leiden im Beisein des Magistrats, der 2 Commissare und einer grofsen Menge Bürger beginnen konnte. Wohl aus Furcht davor, dafs Coornhert die Art und Weise der Instandsetzung dieser Disputation näher erörtern würde, wie die Commissare aber sagten zur Verhütung eines Schismas unter dem Volke, wurde Coornhert verboten, eine Vorrede an das Volk zu halten. Dieses Geschäft besorgte einer der Commissare, während Corneliszoon ein öffentliches Gebet sprach. Das Volk lauschte erwartungsvoll und verharrte in tiefem Schweigen. Die Verhandlung dauerte am ersten Tage von morgens 8 bis um 11 Uhr und nachmittags von 2 bis um 4. Die Reden wurden den Notaren diktiert, und die Disputation ausschliefslich zwischen Coornhert und Corneliszoon geführt, während Donteclock beim Reden Coornhert's die nötigen Notizen machte.

Im Anfang versucht Coornhert etwas von der Vorgeschichte zu berichten, die Prediger schneiden ihm jedoch das Wort ab, bringen die Unterredung auf die wahre Kirche und stellen als Merkzeichen derselben die Predigt und den rechten Gebrauch der Sakramente hin. Coornhert fordert einen Beweis hierfür, dies sei wohl eingesetzt aber durchaus nicht als ein Merkzeichen. „Bei den Juden waren diese äufseren Zeichen das Gesetz und die Beschneidung, die aber oft nicht inne gehalten wurden. Jede Kirche behauptet heutzutage von sich, sie habe die wahre Lehre, um also die Wahrheit zu erkennen, bedarf man noch einer andern Gewifsheit, als diese Äufserlichkeiten. Luthers Lehre ist für die Justifikation, Prädestination und andere Hauptstücke nicht der Schrift gemäfs und hat doch diese äusseren Erkennungszeichen. In den Mannigfaltigkeiten der Kirchen macht die Behauptung der einen die der anderen zweifelhaft, und somit kann man nicht sagen, welches die wahre Kirche sei; die unsichtbare Kirche allein ist die wahre." Die Prediger erklären sich jedoch nicht für widerlegt, denn hier sei die Frage gestellt, ob die wahre Kirche den reinen Grund der apostolischen Lehre haben müsse, und um zum Ende zu kommen, legen sie ihm folgende Fragen vor, erstens: mufs das Merkzeichen der wahren Kirche so sein, dafs kein Mensch daran zweifeln kann? zweitens: sollen wir keine richtige Kenntnis von der wahren christlichen Kirche erlangen? und endlich drittens: ist die heilige Schrift notwendig, nicht nur um zu lehren, sondern auch um zu widerlegen und an ihr als einem Probiersteine die Geister zu prüfen, ob sie aus Gott seien?

Die Prediger suchten in dieser Weise immer von einer eigentlichen Disputation loszukommen und ein Ausfragesystem anzuwenden, das nach Coornhert's Meinung grofse Ähnlichkeit mit einer Inquisition hatte. Die obigen Fragen blieben für den folgenden Tag zu beantworten, man versammelte sich wieder wie am vorhergehenden Tage morgens um 8 Uhr. Das Gespräch schien allgemeines Interesse hervorgerufen zu haben, denn die Zuhörermenge hatte sich merklich vermehrt.

Coornhert begann nun bei einer lautlosen Stille der grofsen Menge die näheren Auseinandersetzungen, wobei er seinen oben mitgeteilten Standpunkt bewahrte und unter anderm die Lehre Calvins und Bezas mit Anführung dieser beiden Namen erwähnte. Deshalb nahmen die Commissare — nach Coornhert's Meinung, um Corneliszoon, den sie in Not sahen, zu erlösen — die Veranlassung, ihn bitter und grob anzufahren, als ob er dadurch gegen die ihm gestellten, guten Bedingungen verstofsen hätte, und drohten ihm mit der Staaten Ungnade. Auch ein französischer Doctor der Theologie, wahrscheinlich Figureus (Feugueray), beschwerte sich über das Citiren dieser beiden so herrlichen Männer; er wüfste, weil er kein Niederländisch verstünde, nicht, was Coornhert damit gemeint hätte. Coornhert antwortete diesem darauf in französischer Sprache, so dafs er sofort schwieg, und sich zu den Commissaren wendend, erwiderte er diesen in demselben Sinne, dafs er nichts aus den Schriften Calvins und Bezas angeführt, sondern nur ihren Namen und ihre Lehre genannt habe, was ihm nicht verboten wäre: „Was soll dies sein? Schämt man sich dieser zweier Leute Namen? Man kann Gottes und aller Teufel Namen wohl nennen, soll ich dieser Menschen Namen nicht nennen können? Wollt ihr nicht, dafs ich dieses tue, so verbietet es mir wenigstens öffentlich, und ich werde es unterlassen, mit Euch weiter zu disputieren, da ich mit diesem Verbot nichts ausrichten kann, wollt ihr es aber gestatten, so werde ich hier bleiben und fortfahren." Zuerst wollten die Commissare keineswegs hierauf eingehen, als aber dann Coornhert von seinem Sitze aufstand, die Bibel unter den Arm nahm, um fortzugehen, nahmen sie Abstand von dem unbilligen Verlangen. Im weiteren Verlauf der Verhandlungen alsdann verwickelte Corneliszoon sich in seinen eigenen Stricken, so dafs er plötzlich verstummen mufste¹). Da ergriff Donteclock das Wort schon nachdenklich, hustend und brummend, bald etwas diktierend, bald etwas fragend, dann wieder das schon Niedergeschriebene verändernd und so beweisend, dafs er nicht im Geringsten Bescheid, wohl aber mit viel mehr Unverschämtheit als sein Vorgänger aufzutreten wufste. Dies dauerte bis 11 Uhr, darauf sprach Corneliszoon die Danksagung, und die Commissare standen auf, um zu gehen. Da erkundigte Coornhert sich, wie es weiter würde, ob sie ihm ferner das Anführen der Namen und Lehren Calvins und Bezas gestatteten, wenn nicht, würde er nach Mittag nicht wiederkommen. Er wolle sich über Niemandes Glauben zum Meister machen, sondern sie und jeden anders Gläubigen gerne neben sich dulden. Würde er allen, die irgendwodrin anders fühlten als er, ein Sectirer sein, wem würde er dann kein Sectirer sein, fände man wohl 10 Menschen in einer Stadt, die in allem dasselbe glaubten? Darauf beschwerten sich die Commissare über seine Handlungsweise, drohten ihm abermals mit der Staaten Ungnade und kamen so mit ihm in einen Wortwechsel, bis Coornhert schliefslich die Galle überlief, von ihnen eine bestimmte Erklärung nochmals abverlangte und, als sie sich wieder unbestimmt äufserten, ihnen rundweg erklärte, dafs er nach Hause reisen würde.

Trotzdem er sich nun dahin erklärt hatte, und sie auch alle wufsten, dafs er um ½2 Uhr mit dem Schiffe nach Haarlem abgefahren war, versammelten sich die Gegner des Nachmittags wieder in der Kirche, nur um den Schein hervorzurufen, als ob er flüchtig und mit Schande das Feld ver-

---

1) Eine Tatsache, die die beiden Prediger in einem Briefe vom 11. Sept. 1579 Coornh. selbst zugestanden, während sie öffentlich den Sieg für sich in Anspruch nahmen. Vgl. Coornh. III. 326 (2. Seite).

lassen hätte ¹), eine Mafsregel, die sie in Zukunft auf's eifrigste ausnützten, um Coornhert überall zu discreditieren. Doch hiermit war noch nicht genug geschehen, denn am 23. April wurde das parteiische Vorgehen gegen Coornhert bis zum äufsersten geführt; ihm wurde einfach der Weg, sich vor der Öffentlichkeit zu rechtfertigen, abgeschnitten; es wurde ihm im Auftrage der Staaten durch die Obrigkeit von Haarlem verboten, irgend etwas über die Verhandlungen in Druck zu geben ²), oder den Delfter Predigern mit Briefen oder sonst irgendwie beschwerlich zu werden; gewifs ein Beweis dafür, auf wie schwachen Füfsen sich die reformierte Partei fühlte.

War Coornhert somit jeder Weg, sich sein Recht zu verschaffen, verboten, so blieben seine Gegner keineswegs still; die Wühlereien gegen ihn hörten nicht auf ³). Die Prediger zu Alkmaar, zu Hoorn und sonstwo sprachen von der Kanzel herab gegen ihn, erklärten ihn für einen Ketzer, Libertinisten und Freigeist ⁴), so dafs er im November dieses Jahres sich mit einem Request an die Staaten zu wenden, sich genötigt sah. Darin gab er zu erkennen, wie er von Kindesbeinen an sich still und untadelig vor allen Menschen betragen hätte und auch in seinen späteren Jahren

---

1) Uytenboogaert und Bor geben hier nur die einfache Thatsache an, so daß man vermuten könnte, da die zwingenden Gründe nicht einzusehen sind, daß Coornh. wirklich das Feld geräumt habe, Brandt jedoch, der hierfür den oben erwähnten Brief (siehe S. 25. Anm. 1) benutzt, giebt einen vollständigen Bericht mit allen Motiven und steht vollkommen auf der Seite Coornherts.

2) Coornh. III. Fol. 169. § 63. Bor. XIII. 82. Brandt I. 599. Uytenboogaert Fol. 200.

3) Vgl. Coornh.'s Gespräch mit Niclaes van der Laan: Coornh. I. 469.

4) Coornh. III. Fol. 460 a. (Falsch paginiert, richtiger 458 a.)

nicht so ganz unnütz für die Stadt Haarlem und für's Gemeinwohl in den Jahren 66 und 67 gewesen wäre setzte ferner die Ursache des Streites mit den Predigern auseinander, dafs er danach auf den Befehl der Staaten sich ruhig verhalten hätte, und dafs nichtsdestoweniger die Prediger ihn öffentlich mit Unwahrheiten beschuldigten; die Staaten möchten diesen schmählichen Zungen Schweigen gebieten; könnte er dies nicht erlangen, nicht die Freiheit des Glaubens und den Rechtschutz nach dem Genter Frieden geniefsen, so möchten sie ihm gestatten, aufserhalb Hollands seine Wohnung aufzuschlagen. Hierauf lautete die Antwort vom 10. November 1578 folgendermafsen, wenn er sich gehorsam, still und treu benähme, niemals Schriften über die Religion herausgäbe, solle er das Recht des Genter Friedens geniefsen und demzufolge von allen Unzuträglichkeiten und Gefahren befreit und ledig bleiben [1]).

7. Coornhert und der Heidelberger Katechismus.

Von diesem Bescheid war Coornhert keineswegs befriedigt, denn er begriff, wie er später am 7. Novbr. 1579 in einem Gespräch mit dem Bürgermeister Niclaes van der Laan äufserte, dafs die Reformierten wohl einige papistische Irrtümer verwürfen, dafür aber andere und nicht die geringsten, wie namentlich die Ansicht über das Ketzertöten beibehielten und sogar neue Irrtümer, auf die aufmerksam zu machen ihm verboten würde, einführten. Solches Verbot wäre ein neuer Anfang von abermaligem Gewissenszwang in Holland [2]). Schon im Januar dieses Jahres hatte er in einem Briefe [3]) an eben diesen

---
1) Coornh. III. Fol. 460a (richtiger 458a), 464c, (richtiger 462c) Uytenboogaert 200. Bor XIII. 82. c. d. Brandt I. 479.
2) Coornh. I. 469. Brandt I. 599.
3) Coornh. II. 550 (2. Seite).

Bürgermeister diese Überzeugung ausgesprochen. Um alles in der Welt möchte er in seinem lieben Vaterlande nicht den schändlichen Gewissenszwang wieder entstehen sehen, er halte es für seine heiligste Pflicht, die Freiheit zu beschützen und zu erkämpfen, wo er nur immer könne. Diese heilige Pflicht hat er auf's gewissenhafteste erfüllt, denn bald sollte sich eine Gelegenheit dazu bieten.

Die Zweifel über die Lehre von der Erbsünde, die ihn ja schon in seiner Jugend auf's gewaltigste bewegten, waren, nachdem er jetzt die Kirchenväter darüber studirt hatte, nur noch stärker in ihm erwacht. Er fand bei Augustinus, dafs dieser den Beweisen der Sectirer, die Gegner dieser Lehre waren, nicht widersprechen konnte und nur behauptete, dafs man bei einer Annahme der Erbsünde bleiben müsse, weil dies am allerklarsten in der heiligen Schrift sei. Coornhert führte dagegen an, wenn dies so klar in der heiligen Schrift wäre, warum könnte Augustin [1] dann diese Lehre der Widersacher nicht widerlegen? Sollte die Wahrheit der Schrift kraftloser sein, als die Lügen der Ketzer? Als er somit auch von Augustin hierüber nicht belehrt wurde, wandte er sich an die Löwen'sche Universität und studirte die Schriften ihres Hauptes Ruardus [2], der darin erklärte, dafs das Verständnis der Erbsünde über den Verstand der Menschen, Engel und aller Geschöpfe geht. Coornhert kam daher zum Schlusse, dafs auch derjenige, der in dieser wichtigen Frage den Führern folgen würde, die selbst erklärten, dafs sie darin blind wären, betrogen wäre.

Somit wandte er sich wieder mit neuem Eifer dem Studium der Bibel zu, muste aber wiederum enttäuscht davon

---

[1] Augustin. Libr. 3. de baptismo parvulorum, citirt bei Coornh. III. 552 (1. Seite).
[2] Bei Coornh. II. 552 (1. Seite) citirt: Artic. 20. Fol. 62. Nota. Tom. 1. Fol. 62.

abstehen, die Wahrheit zu ergründen, da er nichts — vielleicht, wie er bemerkte, durch die Dunkelheit seiner Augen — darin finden konnte, was mit der gewöhnlichen Ansicht übereinstimmte.

Als er dann im Jahre 1578 den 1563 in Holland eingeführten Heidelberger Katechismus in die Hände bekam, fand er, dafs die Erbsünde wieder als Fundament der ganzen Lehre hingestellt war, ohne die dazu angeführten Sprüche zu verstehen. Er beabsichtigte deshalb zur Aufklärung darüber sich an die Prediger zu wenden, und um dies zu vermitteln, schrieb er den obigen Brief an Niclaes van der Laan. „Mein gutes Vertrauen", heifst es darin, „zu Eurer Liebe zum gemeinen Wohl läfst mich dies Schreiben wegen der grofsen Irrtümer in den Fundamentalartikeln des Katechismus an Euch richten. Der Eifer für Gottes Ehre und der Menschen Heil verbietet mir dies schweigend anzusehen. Da ich aber gemerkt, dafs öffentliche Disputationen Bewegungen unter dem neugierigen Volke hervorbringen, denke ich in aller Stille für die Verbesserung zu wirken. Was der Katechismus lehrt, soll die Position sein, über deren Irrtümer ich meine Meinung an die Prediger einsenden werde, diese mögen dann darauf ein Replik schreiben. Davon werde ich was mit der heiligen Schrift übereinstimmt, annehmen und auf das andere duplicieren, ohne eine Antwort darauf zu erwarten. Sollten sich bei diesem Verfahren Irrtümer im Katechismus ergeben, so kann man diese ja dann in aller Stille ändern."

Man sieht hieraus, wie sachlich objectiv Coornhert an diese Fragen herantritt; die Wahrheit ist das Kriterium, nach dem er urteilt, aus dem Streben nach ihr allein sind ihm alle schweren Kämpfe erwachsen, die ihm sein ganzes Leben verbittern mufsten. Sollte aber dem Sohne einer anderen

Zeit dieses rastlose Vorgehen Coornhert's für die kirchlichen Fragen im Angesichte der politischen Kämpfe und Unruhen in den Niederlanden als reine Streitsucht erscheinen, so mag er bedenken, dafs die gesamte geistige Atmosphäre der damaligen Zeit, in Holland wenigstens noch fast ausschliefslich aus diesen Fragen und grofsen reformatorischen Gedanken bestand, mag bedenken, dafs die politischen Kämpfe auf's engste mit den religiösen Fragen durch den Gegensatz spanisch-katholisch und niederländisch-reformiert, der sich von Jahr zu Jahr immer mehr herausbildete, verbunden waren, so dafs Coornhert, der keines von beiden sein wollte, unbedingt in die gewaltigsten Krisen verwickelt werden mufste. Wie konnte bei einer derartigen Verquickung der religiösen und politischen Verhältnisse überhaupt irgend Jemand keine Stellung zu den Zeitfragen nehmen, um wievielmehr mufste dann ein Mann der Initiative mit gewaltigem Geiste die aus dieser eigenartigen Constellation entspringenden Consequenzen der einseitig durchgeführten Prinzipien rastlos bis an sein Lebensende bekämpfen. Aus Coornherts innerster Seele ist es gesprochen, als er seinem Bruder Frans, der ihn darüber getadelt, dafs er sich bei den Menschen so verhafst mache, in einem Briefe[1]) antwortete: „Grofser Hafs bei den Menschen ist ein ebenso sicheres Zeichen, dafs man Gott gefällt." Von dieser Überzeugung erfüllt, von dem Bewufstsein getragen, dafs die Wahrheit doch zum Siege kommen müsse, suchte er sich auch jetzt in der Frage der Erbsünde mit seinen Gegnern auseinanderzusetzen.

Auf sein Schreiben hin wurde am 6. Februar 1579 in Haarlem bei dem Bürgermeister van der Laan ein Privat-

---

1) Coornh. I. 249 (2. Seite.) Vorrede zum „*Warachtige Aflael van Zonden*" Brief aus dem Jahre 1580.

gespräch über die Erbsünde abgehalten¹). Van der Laan, Prediger Joan Damius und Thomas Thomaszoon auf der einen Seite verteidigen die Erbsünde, die Coornhert auf der anderen Seite angreift, in Gegenwart von Mr. Jan van Zuren und Gerrit Stuver, die Altbürgermeister, die nur schweigend zuhören. Das mit vollkommener Ruhe begonnene Gespräch endigte so lebhaft, daſs unter anderem der sanfte und tolerante Coornhert, indem er von seinem Gegner Donteclock sprach, ihn statt Donteclock „Donderclock (Donnerglocke)" nannte²). So ging dies Gespräch auch fruchtlos vorüber, so daſs für's erste eine Ruhe in dieser Frage eintrat und für die Folgezeit ein anderes wichtiges Ereignis für Coornhert zu verzeichnen ist.

In Leiden war nämlich der Prediger Caspar Janszoon Coolhaes³) mit seinen Amtsbrüdern, namentlich Pieter Corneliszoon⁴), weil er behauptete, daſs das inwendige Gebahren des Menschen mehr als das äuſsere zur Seeligkeit nötig wäre, in heftigen Streit geraten, so daſs der Magistrat von Leiden sich genötigt sah, dagegen einzuschreiten. Da nun

---

    1) Den Bericht hierüber zeichnete Coornhert in seiner Abhandlung: *Van de Erfzonde Disputatie tuschen de Predicanten tot Haarlem ende D. V. Coornhert* nieder, eine Schrift, die nicht in die 3 Foliobände seiner Werke aufgenommen ist, sie befindet sich zu Amsterdam: Bibl. de l'église des Remonstrants und Gand: Bibl. univ. Unser Bericht ist nach Bibl. Belg. C_{55}. Die Schrift erschien 1610.
    2) Coornh. hat übrigens sehr oft in seinen Werken statt Donteclock „Donderclock" geschrieben, sogar in amtlichen Mitteilungen findet sich diese Schreibweise [vgl. Coornh. II. 479 (2. Seite)], so daß ich eher glauben möchte, daß bei den damaligen Schwankungen der einzelnen Namen dieses nur eine andere Schreibweise des Namens gewesen ist.
    3) H. C. Rogge: Casp. Jansz. Coolhaes. Amsterdam 1856. I. S. 62—187.
    4) Dies ist ein anderer Cornelisz., als der mit Coornh. im Streit liegt.

aber Corneliszoon und sein Anhang glaubte, dafs der Magistrat Coolhaes begünstigte, warfen sie die Frage auf, ob es überhaupt die Pflicht eines christlichen Magistrates sei, über kirchliche Dinge Sorge zu tragen, was sie entschieden verneinten. Der Streit wuchs dadurch immermehr, bis er vor die Staaten von Holland kam, diese suchten zu vermitteln, richteten jedoch nichts aus. Im Gegenteil auch die Prediger von Rijnland und Delftland[1]) mischten sich jetzt hinein, und ein nach der Absetzung Coorneliszoons zwischen Coolhaes und dem Hofprediger des Prinzen von Oranien Jan Taffin im Haag abgehaltenes Gespräch brachte nur noch gröfsere Verwirrung in die Sache. Da wurde Coornhert vom Magistrate von Leiden beauftragt, in einer Schrift die Sache klarzustellen. Er tat dies in seiner *Justificatie des Magistraets tot Leiden* [2]), die in der letzten Hälfte des Jahres 1579 herausgegeben wurde. Darin erklärte er, dafs des Magistrats Vornehmen niemals gewesen wäre, noch es jetzt sei, die Kirche zu beherrschen, sondern allein den Streitigkeiten in der Kirche zuvorzukommen und aufrührerische Geister aus dem Kirchenrate fern zu halten. Jesus Christus solle allein das Haupt der Kirche bleiben und keineswegs die Kirchendiener oder Consistorianten, damit diese nicht wiederum auf's Neue nach der Herrschaft über die Gewissen strebten und dadurch die freie Kirche unter ein neues Papsttum oder Joch brächten. Coornhert empfing hierfür einen sehr schmeichelhaften Dankbrief und eine Medaille aus feinem Gold mit dem Wappen der Stadt Leyden [3]).

---
1) Bor. XIV. 143—145.
2) Brandt I. 649—652. H. C. Rogge a. a. O. I. S. 127 bis 137 Cap. VIII: *de Justificatie, haar schrijver, hare bestrijding en Coolhaes'oordeel*. De Justificatie erschien nach Bibl. Bel. C_{65} zuerst 1579 und nach C_{66} 1597 wieder abgedruckt mit einer Vorrede in den Werken Coornh. II. 190—214.
3) Coornh. III. 484 (2. Seite).

Dieses Verhalten Coornherts reizte natürlich die Delfter Prediger [1]), und der Verlauf der folgenden Verhandlung [2]) wird zur Genüge zeigen, wie sehr die Erbitterung derselben gegen ihren Widersacher wuchs. Eine Probe davon bietet uns gleich der Brief, den Donteclock und Corneliszoon am 11. September 1579 [3]) aus Delft an Coornhert gelangen lassen als Antwort auf die Ermahnung und Anerbietung Coornherts vom 15. August desselben Jahres, ihnen schriftlich zu beweisen, dafs ihre Lehre im Katechismus auch menschlich sei, dafs weiter nicht, wie Sie in einem Artikel an die Staaten lehrten, derjenige, der den äufseren Frieden der Kirche in ihren Lehren störe, mit Gefängnis oder Geldbufse zu bestrafen wäre, und dafs endlich ihre Sendung als Prediger, da sie solches lehrten, nicht rechtmäfsig (*wettelijck*) wäre. In der Antwort hierauf schreiben sie nun wenig ehrbar, geschweige denn christlich, sondern recht bitter und spöttisch, wie Coornhert dazu bemerkt: „Wir bedanken uns für Euer Anerbieten und lassen Euch wissen, dafs wir keine Zeit für so schnöde erachten, als dafs wir sie zur Beantwortung Eurer Rasereien verwenden würden, weder mündlich noch schriftlich, denn es würde uns derart sein, als ob wir so lange gegen einen Ofen gegafft hätten; Eure

1) Coornh. II. 408 (1. Seite) vgl. auch S. 48. Anm. 2.

2) Der nun zwischen ihnen stattfindende Briefwechsel ist als *Sendtbrief van D. V. Coornhert met antwoorde vande twee Predicanten* abgedruckt bei Coornh. II. 257—267. Vgl. Bibl. Belg. C_{107}. Zuerst herausgegeben 1610.

3) Coornh. II. 408 (1. Seite) ist dreimal das Datum 1578 angegeben, einmal zu Anfang allgemein, das 2. Mal der 15. August 1578, das dritte Mal der 11. September 1578. Dies muß jedoch jedesmal 1579 heißen, denn 1. Coornh. III. 466 (1. Seite) findet sich das Datum August 1579 und Coornh. III. 326 (1. Seite) das Datum 11. September 1579, wo beidemal dieselben Tatsachen wie oben erwähnt sind und 2. ist an der obigen Stelle unter dem Datum 1578 die Justificatie erwähnt, die damals noch nicht fertig gewesen sein kann.

Meinungen sind so scheufslich und gotteslästerlich, dafs wir sie nicht ohne Schrecken und Entsetzen kören können. Wir wollen überhaupt nichts mit Euch zu tun haben und erklären Euch hiemit, dafs wir keine Briefe, oder was es sonst sein sollte, von Euch mehr zu beantworten gedenken"[1]).

Coornhert liess darauf die Sache auf sich beruhen, weil er wufste, seine Pflicht getan zu haben, und wartete ab, was folgen würde [2]). Da wurde ihm im Sommer 1580 berichtet, dafs einige reformierte Prediger in Delft sich mit dieser Art und Weise ihrer Collegen Corneliszoon und Donteclock, ihre Meinung zu verantworten, nicht einverstanden erklärt und sie dazu vermocht hätten, das zu beantworten, was man ihnen von Coornhert's Schriften vorlegen würde; sie hätten die Prediger jedoch nicht dahin bringen können, mit Coornhert selbst zu verhandeln. Dieser war bereit, hierauf einzugehen, jedoch nur unter folgenden 4 Bedingungen, dafs er als Angreifer auch die Angriffspunkte, wie ihm beliebte, stellen dürfe, namentlich den, ob die Obrigkeit jemand um des Glaubens willen töten könne, dafs ferner ihre Schriften beiderseits nicht unterdrückt, sondern zu Nutz und Frommen von jedermann gedruckt werden sollten, drittens sie ihm wegen dieser Verhandlungen keine Schwierigkeiten bei den Herren Staaten verursachen sollten, und dafs endlich ihre Schrift vorher hiermit zu unterzeichnen sei. Darauf bewilligten sie ihm die letzten drei Bedingungen, verweigerten aber entschieden die erste. Coornhert bemerkte in seiner treffenden Weise dazu, das wäre gerade so, als wenn jemand einen anderen beim Gerichte des Ehebruchs anklage, was er als wahr

---

1) Coornh. III. 466 noch einmal dieselbe Abhandlung Bd. II. 224. Ferner ausführlich Coornh. III. 326 und Bd. II 408 (1. Seite).

2) Coornh. III. 466. Dasselbe II. 224.

beweisen kann, und der Angeklagte darauf antwortet, nein, ich will mit Euch von keinem Ehebruche handeln, sondern beweist mir, wenn Ihr könnt, daſs ich Geld gestohlen habe. Dennoch aber schlug der duldsame Coornhert, sowohl um von ihnen belehrt zu werden, als auch, um ihren Irrtum den Menschen kund zu machen, dieses unbillige Verlangen nicht ab. Und so wurde dann am 27. Juni 1580 eine Vereinbarung getroffen, die die Prediger in einer Acte[1]) niederlegten. Sie erklärten sich bereit, über die Erbsünde und später vom freien Willen zu handeln, dann über die Prädestination, Justification, die sichtbare Kirche, über die Berufung (Sendung) der Diener derselben, darüber, wie weit man das Gesetz Gottes in diesem Leben halten könnte, und endlich über die Macht der Obrigkeit gegen die Vorsteher der Kirche zu debattieren[2]). Zur gröſseren Erbauung der Leser wollten sie sich nur auf das, was zur Sache gehörte, beschränken und das andere nicht beantworten. Ferner könnten die Schriften zum Nutzen der Leser in den Druck gegeben werden; sie wollten dagegen keinen, der gegen ihre Lehre sei, bei den Herren Staaten verklagen. Es unterzeichneten diese Acte mit Bewilligung des Kirchenrates Arent Corneliszoon, Peter Jansen[3]), Reynerus Donteclock im Namen der Gemeinde[4]).

1) Eine am 17. December 1584 verfertigte authentische Copie dieser Acte findet sich abgedruckt: Coornh. II. 551 (1. Seite).

2) Dieser letzte Streitpunkt ist sicher durch Coornh.'s Justificatie veranlaßt. Vgl. S. 46. Anm. 1.

3) Dieser Peter Jansen nimmt von jetzt ab am Streite mit teil und findet sich von nun an in den Schriften mit angeführt.

4) Die letzten Tatsachen finden sich verzeichnet bei Coornh. II. 408—409.

8. Der literarische Streit mit den Delfter Predigern.

Nach Überreichung dieser Acte sendete Coornhert seine Angriffe gegen die Erbsünde, die er in seiner Abhandlung „*van de Erfzonde*" ¹) niedergelegt, aber schon 1579 abgefafst und van der Laan überreicht hatte ²), den Predigern zur Beurteilung ein. Er hatte diese Gründe in der Hoffnung zusammengestellt, dafs die Prediger ihn führen würden und Mittel suchten, ihn zu führen, anstatt ihn zu lästern, zu verdammen, einen Pelagianer zu schelten und ihn vor den Menschen zu einem Greuel zu machen ³).

Mehr als ein viertel Jahr später am 6. October 1580 überreichten die Prediger ihre Replik Coornhert, der augenblicklich im Haag weilend dort noch einige Tage blieb und wieder nach Hause gekommen diese Antwort mit grofsem Eifer las. Jedoch bemerkte er leider, dafs die Prediger darin in ihrer gewaltigen Erbitterung seinen Namen mit grofser Verläumdung zu schänden sich abmühten. Da sie ferner in der Abhandlung statt ihre Meinung zu stärken, sie dieselbe schwächten und sich widersprachen, glaubte Coornhert sie auch nicht weiter als höchstens durch kleine Randbemerkungen widerlegen zu müssen. Aber in Anbetracht der Wichtigkeit der Sache und, um auch den Lesern von geringerem Verstande Genüge zu tun, nahm er dann doch am 10. desselben Monats seine Feder zur Hand und begann Stück für Stück ihre Schrift zu beantworten und vollendete unter verschiedenen, grofsen Bekümmernissen, die

---

1) *Van de Erfzonde, of die in de H. Schriftuere, soo wert bevonden, als in den Catechismus en by senighe Predicanten geleert werd.* Coornh. II. 551—556. Vgl. auch S. 51. Anm. 2.
2) Coornh. II. 550 (2. Seite).
3) Coornh. II. 552 (2. Seite).

er von fremden Leuten zu dulden hatte, wie auch unter
schwierigen, eigenen Hausangelegenheiten diese Antwort.
Wie die Replik gröfser, als Coornhert's Schrift wurde,
so wurde auch diese Antwort wieder gröfser, als die Replik,
am 17. November war sie jedoch schon beendet. Da es in-
dessen wegen der Nachlässigkeit des Copisten noch eine Weile
dauern mufste, ehe die Schrift copiert und den Predigern
überliefert werden konnte, Coornhert auch überdies erfuhr,
dafs die Prediger schon glaubten, den Vogel abgeschossen
zu haben, über ihren vermeintlichen Sieg zu triumphieren
anfingen und verlauten liefsen, dafs man ihm einen Brocken
gegeben habe, daran er zu würgen hätte, liefs er sich die
Mühe nicht nehmen, aus seiner Abhandlung 15 Seiten aus-
zuziehen und ihnen zu übersenden unter dem Titel: *Bootgen
wt het Schip van de tweede Antwoorde van D. V. Coornhert,
opte Replijcke der Predicanten Disputatie van Erfzonde* [1]).
Bevor jedoch diese Abhandlung in die Hände der Prediger
kam, hatten dieselben schon in ihrem überschwenglichen
Siegesbewufstsein die so lange aus Furcht mit Schweigen
übergangene Schrift Coornhert's „*van de toelatinghe*" aus
dem Jahre 1572 angegriffen, da sie jetzt wohl mit ihm fertig
zu werden gedachten. Sie hatten sich aber unangenehm ver-

---

1) Coornh. II. 394—406, zu dem Berichte vgl. Coornh. II.
409, 481 und 394. Die Schrift erschien später noch einmal
1610, siehe Bibl. Belg. C_{42} auch C_{116}. Dies Bootgen ist
höchstwahrscheinlich im Jan. des Jahres 1581 an die Prediger
zu Delft gelangt, dies geht daraus hervor, daß Donteclock im
Dec. 1580 Coornh.'s Schrift *van de toelatinghe* angreift, jedenfalls in seinem Siegesbewußtsein über Coornh.; wäre von diesem
schon eine Antwort dagewesen, so hätte er sich sicher der Beantwortung derselben zuerst zugewandt und nicht den Feind
über sich heraufbeschworen, dem er 8 Jahre lang ängstlich aus-
gewichen war, aber eben, der Glaube daran, daß Coornh. sich
für geschlagen hält, macht ihn dazu mutig.

rechnet, denn ein Mann wie Coornhert liefs sich nicht so leicht überwinden, ihm war es vielmehr eine willkommene Gelegenheit, dafs die Prediger endlich einmal auf seine Ausführungen eingegangen waren. Er fühlt sich erfreut über die Zusendung der Schrift und in der Beantwortung derselben hält er sich vor allem Donteclock gegenüber zum Danke verpflichtet, da er sich die Mühe gegeben habe, seine Fehler aufzudecken, wenn er ihm auch in seinen Ausführungen widersprechen müsse [1]). Er drückt sein Erstaunen darüber aus, dafs sein Gegner in seiner Schrift 7 oder 8 Fragen in Betreff der *toelatinghe* aufwürfe, die er schon alle in seinen 3 Büchern *van de toelatinghe* beantwortet hätte; wie kann Donteclock aber dann, sagt Coornhert, wenn er meine Meinung nicht versteht, überhaupt wissen, ob sie richtig oder unrichtig ist.

Bald darauf am 15. Mai 1581 erschien dann auch die Vollendung des Bootgens, die ganze Duplik [2]) gegen die

---

1) Coornh. II. 533 (2. Seite) *Berispinghe op de toelatinge ende Decrete Godes van Reynier Donteclock met de Antwoorde van D. V. Coornhert.*

2) Coornh. II. 408—479. *Van de Erfsonde, Schulde ende Straffe. Duplijk van Coornhert opte Replijk vande Predicanten aen henluyden den 15. Mey 1581 overghelevert.* Die Duplijk geht zuerst bis F. 451, dann folgt von 451—461 *Replijk opte beantwoordinghe der Ministeren tot Delft ghedaen, teghen eenige Schriftelijke Spreucken by denselven N. voortghestellt, jeghen die Leere des Catechismi voorschreven in't stuck vande Erfsonde etc.* ten Brink S. 204 meint in seinen Anmerkungen über die Reihenfolge von Coornh.'s Schriften, daß dieser Teil die erste Angriffsschrift ist, die Coornh. im Juni 1580 den Predigern überlieferte, und führt dafür eine Stelle aus der Schrift *„van de Erfsonde, Schulde. — etc."* Coornh. II. Fol. 409 an, die also lautet: *In Junio lestleden Anno 1580 is ghevolght die overleveringhe soo van U. acte enz. in date den 27. Juny Anno 1580, alsoock van mijn schrift, daer mede ick ondersoecke, of de H. Schriftuere oock sulcx tuyghet van de Erfsonde, alsu Catechismus daer af leert".* Hier ist aber doch wohl die Schrift

Prediger. Schon im Bootgen hatte er ihnen auseinandergesetzt, dafs er in ihrer Schrift vieles, was fromm von ihnen gesagt, aber durchaus nicht rechtmäfsig bewiesen wäre, gefunden hätte, dafs sie selbst ihre Lehre von der Erbsünde kräftig umstiefsen und zwar mit Sprüchen und Gründen aus der Schrift, womit sie sie unterstützen wollten. Sie nähmen als erstes Fundament der Christenheit den Satz, dafs die Verderbtheit und Verkehrtheit der Naturen der Ursprung alles Bösen sei, er dagegen kenne kein anderes, als das Wort Gottes, Christum Jesum. Sie bauten auf diesen Satz ihre Lehre vom eigenen Willen, von der Prädestination und Justifikation auf, dies gehe aber in seinen Augen offenbar auf die Lästerung der göttlichen Ehre und auf die Verachtung der menschlichen Seeligkeit aus, weil dies Gott Lügen strafe in seinem Zeugnis der heiligen Schrift und die Menschen lässig mache im Fortgang der Tugend. Denn erstens in Betreff des eigenen Willens fände man viele und klare Zeugnisse in der Schrift, nach ihrer Lehre müsse man dagegen denken, all mein Beraten, Wollen und Vornehmen ist vergebens. In Betreff der Rechtfertigung sei es zweitens nach ihrer Lehre ganz unmöglich, dieselbe durch Gottes Gnade in Christo schon hier auf Erden zu erwerben, alle Menschen seien wegen Adams Sünde vollkommen ungerecht geworden; wo liefsen sie da Gottes Allmacht, der dann ja nicht vollbringen könne, was er wolle, sie machten Gott un-

---

van de Erfzonde gemeint, die gleich nach der Übereinkunftsacte gedruckt ist. Coornh. II. 553—555. Überdies wurde sofort nach der Überlieferung der Acte von Coornhert eine Schrift an die Prediger geschickt, die also schon lange fertig sein mußte und das ist doch wohl diejenige die van der Laan schon gelesen hatte. Bibl. Belg. C_{119} u. $_{116}$ erkennt auch diese Schrift darin. Doch würde dies wohl noch näher zu untersuchen sein, jedenfalls ist das Argument ten Brinks zu schwach. Vergl. S. 49. Anm. 1.

wahr und in sich streitig. Drittens endlich hätte nach ihrer Prädestinationslehre Adam gar nicht sündigen können; Gott habe Adam nach seinem Vorbilde geschaffen, nach ihrer Lehre also das Gute zum Verderben, das klänge nicht ehrlich für Gott und nicht erbaulich für die Menschen. In der Duplik setzt Coornhert ihnen dann noch auseinander, dafs sie sich irrten, wenn sie von ihm meinten, dafs er überhaupt die Erbsünde leugne, er zweifle nur, ob es solche Erbsünde gäbe, wie sie ihr Katechismus lehrt. Auch brächten sie selbst zu grofse Verschiedenheiten, als dafs er nicht an ihrer Lehre zweifeln müsse. Sage der eine, die Begierde ist keine Sünde, wenn man ihr widersteht, so sage der andere, sie sei es doch; er habe wohl gemerkt, dafs sie dieses Anerben von Adams Sünde nicht beweisen könnten. Er sehe nicht, wie er dieser ihrer Meinung sollte zustimmen können, ohne vom Zeugnis der Schrift abzuweichen und sich in einen babylonischen Irrgarten menschlicher Meinungen hineinzustürzen. Mit der Anführung der Väter, Concilien, der Altertümlichkeit und des gewöhnlichen Gefühls, die sie gegen eine grofse Anzahl einträchtiger, nackter und klarer Zeugnisse der heil. Schrift vorbrächten, beständen sie darauf, ihre Meinung mit menschlicher Vernunft zu halten, das könne ihnen nicht verhohlen bleiben, wenn sie nur sehen wollten.

Ehe die Prediger nun gegen diese Schrift ihre Antwort sendeten verging eine lange Zeit. Auch für Coornhert trat durch eine politische Tat die dogmatische Frage auf kurze Zeit in den Hintergrund. In Haarlem hatten sich die Römischgesinnten, nachdem die Herren Staaten von Holland in einem Schreiben vom 4. März 1581 aus Furcht vor Zusammenrottung und Aufruhr die Religionsübung den Katholiken verboten hatten, in dem Hause von Meester Gerrit Ravensbergen vereinigt, um eine Bittschrift in dieser Sache an den Prinzen von Oranien abzufassen und sie ihm später zu präsentieren. Coornhert wurde als Notar beauftragt, diese Schrift zu verfassen, die er dann dem Bürgermeister van der Laan präsentierte, um sie zu begutachten. Auf das Verlangen desselben jedoch, die Schrift zu verantworten, erklärte Coornhert, das könnte er nicht, ebensowenig, wie er die römische Religion, die er für ein Unrecht und deren Kirche er für eine Mordhöhle hielt, rechtfertigen könnte. Wohl aber liefse sich denken, dafs den Katholiken sowohl durch den Bruch des Versprechens, als durch den Gewissenszwang ihr Recht verletzt würde. Van der Laan überbrachte dann am 4. Mai die Schrift dem Prinzen Wilhelm in Amsterdam, der sie den Staaten überwies. Die Bittsteller und der Notar wurden darauf zu diesen entboten um sich vor einer dazu ernannten Commission zu verantworten. Die ersteren waren schnell bereit, ihren Namen wieder auszutilgen, während Coornhert eine geschickte Antwort gab. „Er hätte sich als öffentliche Person nicht weigern können, die Bittschrift abzufassen; was aber das beträfe, dafs einige Worte darin etwas zu hart erschienen, wie auch der Staaten Autorität etwas zu nahe gingen, so wäre er das nicht zu verantworten schuldig, da der Entwurf der Schrift nicht sein, sondern der Bittsteller Werk wäre, überdies hätte er den Gewissenszwang noch niemals für recht oder schriftmäfsig gehalten; doch keineswegs wäre sein Vorhaben, Sr. Excellenz oder den Herren Staaten Grenzen ihrer Autorität zu setzen, sondern nur dieselben mit Demut zur näheren Erwägung dieser so hochwichtigen Sache zu ermahnen. Die ihn kennten, wüfsten wohl, dafs er ein grofs' Teil der römischen Lehren und Übungen für schändliche Lügen, für grobe Abgöttereien und eitlen Aberglauben hielte, ja die meisten Häupter oder Hirten der römischen Kirche für raubgierige Wölfe, so dafs er weit davon entfernt wäre, dieselben verteidigen zu wollen. Aber bei diesem Verbot ihrer Religionsübungen hätte er nicht verstehen können, dafs ihnen Billigkeit geschehe, sondern hätte gemeint, dafs solche Unbilligkeit eine Störung der Eintracht sei." Die Rede fruchtete nichts, sondern die Untersuchungscommission liefs ihn die Bittschrift in ihrer Gegenwart zerreifsen, und dabei ist es dann geblieben [1]).

Neben 2 anderen theologischen Schriften, wie auch einer politischen Flugschrift [2]), der Übersetzung einer Schrift Castellios in's Holländische [3]), einigen kleineren Schriften [4]) und einer polemischen Abhandlung gegen Hendrick Niclaes [5]) schrieb Coornhert noch in diesem Jahre seine Abhandlung: *Middel. Tot mindringhe der Secten* [6]), wogegen wiederum die Delfter Prediger eine Gegenschrift herausgaben. Coornhert ging hierin von der Überzeugung aus, dafs zwischen den vielen Secten, deren Streitigkeiten in dieser Epoche die nördlichen Provinzen spalteten, ein Interim [7]) herzustellen wäre, indem die Obrigkeit den Predigern verbieten sollte, dem Volke irgend etwas anderes als den klaren Text der heili-

---

1) Hierzu als Quellen: Coornh. I. 545—547 ff. Bor. XVI 259a. ff. Brandt I. 667—668. Bei ten Brink LXXVIII bis LXXX. Samuel Ampzing: *Beschrijving ende lof der stad Haarlem* 1628. S. 293 f. 470. 476. 480—82. Die Rede Coornh.'s ganz bei Bor.

2) Siehe ten Brink 205. 206: *Toetsteen der ware Leeraren. 2. Van de Wedergheboorte ende Bendencke van der Nederlanden Noodt ende Hulpe.*

3) Vgl. Bibl. Belg. $C_{128, 129, 130}$.

4) Vgl. Bibl. Belg. $C_{76, 87}$.

5) Vgl. Bibl. Belg. C_{103}. Brandt I. 188. 662. F. Nippold, Zeitschr. f. histor. Theologie 1862. S. 394—402.

6) Coornh. III. 397—399. Bibl. Belg. C_{77}.

7) Vgl. hierzu: Johannis Hoornbeck: *Summa controversiarum religionis.* 1653. Pag. 468 ff.

gen Schrift zu predigen, ohne eine Silbe davon oder dazu zu tun, so würde allen falschen Lehrern der Mund geschlossen, das bittere Schelten und Lästern verhindert und alle Parteiung ausgerodet und entwurzelt. Der hitzigen Gegenschrift [1]) der Prediger antwortete Coornhert wieder mit voller Ruhe in seiner Schrift: „*Ooch — water opten Etter des vooroordells in den Ooghen vande ondersoecker der Delftscher Predicanten*" [2]).

Die Bestrebungen Coornhert's für die Verbesserung der Mifsstände in Holland fanden auch im folgenden Jahre 1582 ihren Ausdruck und zwar in der: *Remonstrance of vertoogh by die van Leyden* [3]). Er hatte diese Schrift im Auftrage des Magistrats von Leiden geschrieben. Im vorhergehenden Jahre war nämlich von den Predigern auf der Synode von Middelburg [4]), die sie eine nationale nannten, festgestellt worden, dafs die Unterzeichnung des von Guido de Bres 1561 aufgestellten Glaubensbekenntnisses von allen die in irgend einer Beziehung zu Schule und Kirche ständen, gefordert werden müsse. Gegen diese Ausübung wollten sich die Leidener entschieden verwahren und schickten deshalb im Februar 1582 die von Coornhert verfafste Remonstrance an die Mitglieder der Herren Staaten, bestimmten sie jedoch nicht für den Druck. Bald darauf wurde sie dennoch durch einen Zufall allerdings ohne Vorwissen der Staaten veröffentlicht. In der Vorrede erzählt der Herausgeber: „Ich

---

1) *Ondersoek des onghehoorden Middels*. Bibl. Belg. C_{89} und $_{97}$.

2) Coornh. II. 556—575. Bibl. Belg. C_{89}.

3) Coornh. II. 185—188. Bibl. Belg. C_{98-100}. Rogge a. a. O. I. 248—255. Brandt I. 678—680. Vollständig wiedergegeben bei Bor. II 115—129 im Auszuge bei Uytenboogaert III. 217—219.

4) Vgl. *De Geschiedeniss van het Protestantisme door Dr. J. A. Wylie vrij bewerkt door Dr. C. P. Hofstede de Groot*. Leiden 1881. III. 523.

hatte in dem Hause eines Mannes, der Tag für Tag in den Staaten von Holland deputiert war, zu tun. Niemand war im Hause vorhanden, die nachfolgende Remonstrance lag auf einem Pulte, ich sah den Titel und steckte sie in meinen Busen, ging nach Haus zurück und copierte sie. Nachdem ich dies getan, ging ich wieder in dasselbe Haus, verrichtete meine Botschaft und liefs die Remonstrance, die gedruckt war, dort liegen. Bin ich deshalb ein Dieb, so vergebt mir Eures eigenen Nutzens wegen, ja um des gemeinen Besten willen. Aber ist es Diebstahl, wenn eine Kerze an der andern angezündet wird? Was schadet es dem Lichte dieser Kerze?" — Die Ausgabe dieser Schrift rief eine allgemeine Bewegung hervor und noch in demselben Jahre wurde eine zweite Ausgabe nötig, denn in ihr waren die Mafsregeln der Synode gewaltig angegriffen und ihr das Recht, sich eine nationale zu nennen, durchaus bestritten: „Was die religiöse Denkweise angeht", heifst es darin, „so halten wir es für gut, dafs die Gelehrten in Worten und Schriften den Irrtümern entgegentreten, aber wir haben einen Abscheu vor Schelten und Verketzern. Die wahre Freiheit bestand allezeit darin, dafs jeder seine Gefühle sagen konnte." Man sieht aus diesen wenigen Worten, wie sehr der Geist Coornhert's aus dieser Schrift spricht, und es war gewifs eine grofse Rechtfertigung für ihn, dafs der Magistrat von Leiden sich hierin zu seiner Ansicht erklärte.

Die Prediger liefsen nicht lange auf eine Antwort warten; höchst wahrscheinlich war der Verfasser dieser *Antwoorde der dienaren des wordts* Arn. Corneliszoon[1]), der erbitterste Gegner Coornhert's. Sie erklären darin zum Schlusse: Wir bezeugen, dafs uns niemals in den Sinn gekommen ist, irgend

---

1) So meint H. C. Rogge I. 253. Anm. 24.

welche päpstliche Tyrannei der Gewissen wieder einzuführen, sondern lehren täglich dagegen und hoffen die wahre Freiheit des Gewissens zu verteidigen bis zum letzten Tropfen unseres Blutes. Dennoch können wir — fügen sie jetzt hinzu und kehren den letzten Satz geradezu um — darum nicht das Recht Gottes preisgeben, noch auf irgend eine Weise von der Pflicht gegen die Obrigkeit dispensieren, welche eine Dienerin Gottes sein mufs, eine Rächerin zur Strafe derjenigen, die Böses tun[1]).

Diese Verhandlungen und Streitfragen werden Coornhert die Veranlassung gegeben haben zu seiner vortrefflichen dogmatisch-polemischen Schrift: *Synodus van der Conscientien vryheydt*. Er sucht hierin unter der Form des Protokolls einer Synode zu beweisen, dafs der Protestantismus ebenso wie der Katholicismus eine absolute Autorität über die Meinungen und das Gewissen der Laien in Anspruch nimmt. Indem er Stücke von Calvin, Beza, Musculus, Dusanus, aus der reformierten Konfession von 1566, von Melch. Canus, Stanisl. Hosius, Brentius, Bullinger, de Plessy, Ruard. Tapper durch seine allegorischen Personen anführen läfst, gelingt es ihm aufs beste. Gewidmet ist die Schrift den unparteiischen Dienern der reformierten Kirche in den Niederlanden [2]).

---

1) Bibl. Belg. $A_{53\cdot54}$. Rogge a. a. O. I. 253—55. Brandt I. 681.

2) Bibl. Belg. C_{104}. Coornh. II. 1—42 in 2 Abteilungen.

9. Weitere Streitigkeiten und das Vorspiel zur Haag'schen Disputation.

Im Jahre 1582 entwickelte sich ferner eine Polemik Coornhert's mit dem Leidener Professor Daneus (d'Aneau)[1]. Dieser letztere, ein orthodoxer Anhänger der streng calvinischen Richtung und intimer Freund Bezas, hatte wohl schon lange mit Unbehagen das rührige, freisinnige Auftreten Coornhert's angesehen und ergriff nun die erste beste Gelegenheit, um mit ihm handgemein zu werden. Vielleicht sah er in Coornhert wie in Coolhaes die Quelle aller unerquicklichen Streitigkeiten mit seinen Collegen, weshalb er ihn, wie Coolhaes mit um so gröfserer Erbitterung angriff.

Ein Brief Coornhert's an einen seiner Freunde war mehre Jahre nach seiner Abfassung in andere Hände gefallen und am Ende eines anonymen Werkes *Van de wterlyke Kercke Godes*[2] über denselben Gegenstand, von dem der Brief handelte 1581 ohne den Namen des Autors abgedruckt. In diesem Briefe[3] hatte Coornhert seine uns bekannten Ideen über sichtbare und unsichtbare Kirche ausgesprochen. Nun vermutete man, dafs Coornhert ebenso der Urheber der Abhandlung wäre, wogegen er jedoch erklärte, dafs nicht nur im Stil, sondern auch in den Beweisen des Briefes und der Abhandlung ein so grofser Unterschied sei, dafs jeder merken könne, dafs sie nicht von einem und demselben geschrieben seien. Genug, Daneus hatte ihn daraufhin angegriffen und die Schrift wurde frisch aus dem

---
1) Vgl. Rogge a. O. I. 206—208. u. Chr. Sepp: *Het godgeleerd onderwijs in Nederland gedurende de 16^{de}en 17de eeuw*. Leiden 1873. I. 59 ff.
2) Bibl. Belg. K. 3.
3) Coornh. III. Fol. 51.

Druck kommend Coornhert am 10. Februar 1582 überliefert. Sofort setzte Coornhert sich hin und schrieb eine Entgegnung unter dem Titel: *Zeepe opte vlecken by Lambert Daneus ghestroyt op een Sendtbrief* [1]) und hatte sie schon am 12. dieses Monats vollendet und am 15. veröffentlicht. Er erklärte hierin in der Vorrede aufser der Bestreitung der Autorschaft der ersten Abhandlung, dafs der Doctor ihn übel angegriffen und häfslich beschuldigt und sein Werk mit dem Schandnamen von Teufelsbetrug und Listigkeit bezeichnet hätte, dafs er dazu nicht schweigen könne, ohne sich selbst dessen schuldig zu bekennen. In der Schrift verteidigt er nur den Brief und weist die Erklärung des Daneus, dafs er Schwenkfeldianer sei mit der Bemerkung zurück, dafs Daneus ihn wohl nur so nenne, weil er das Lesen der heiligen Schrift anrate, wie könne sonst ein Doctor der Theologie derartig seine Meinung verdrehen; Gott möge ihm eine bessere Einsicht geben.

Daneus blieb darauf stumm, aber sein Angriff sollte noch mehr Staub aufwirbeln, denn der Brief wird noch von zwei Seiten, ohne Coornhert's Entgegnung zu beachten, angegriffen. Coornhert meinte hierzu, während die Reformierten gegen seine Bücher *van de toelatinghe* erklärten, dafs es Dummheit wäre, solche Bücher einer Antwort zu würdigen, hätten sie jetzt einen Brief, der niemals für den Druck bestimmt gewesen sei, schon zum zweiten Male der Mühe einer Antwort wert gefunden [2]). Es hatte nämlich einem unbekannten Dunkelmann unter den Buchstaben H. C. die Antwort Coornhert's gegen Daneus so geschmerzt, dafs er in der neuen Vorrede eines alten Buches viel Böses „ausge-

---

1) Coornh. III. Fol. 50—63. Bibl. Belg. C_{123}.
2) Coornh. III. 323.

spiehen"[1]) hat. Ebenso hatten auch die Delfter Prediger, die wohl die günstige Gelegenheit benutzten, um sich bei einem so hochangesehenem Manne, wie Daneus, gut zu stellen, noch von Neuem ein ganzes Buch gegen den obigen Brief ausgegeben. Coornhert schreibt hiergegen seine *Tweede Verantwoordinge eens eenigen Sendbriefs* [2]) und widmet sie dem Bürgermeister van der Laan, indem er diesen, der niemals recht mit ihm übereingestimmt habe, als unparteiischen Richter anruft. Am 9. Juni 1582 hatte er die Abfassung dieser Schrift begonnen und am 16. Juni sie vollendet. Er weist hier neben Angriff und Abwehr nochmals darauf hin, dafs die Prediger dem Volke ihre Lehre aufdringen, ohne zu beweisen, dafs es die wahre sei. — Doch die Sache wurde nicht weiter verfochten und wiederum trat Coornhert in nähere Beziehung zu den Staaten.

Es ist eine sonderbare Erscheinung in seinem Leben, dafs allemal, wenn Coornhert mit den Geistlichen im ärgsten Kampfe liegt und man eine Anklage über ihn von diesen bei den Staaten schon voraussieht, er gerade dann durch irgendwelche Gelegenheit den Staaten besondere Dienste erweisen kann; so war es bei der Justificatie und der Remonstrance geschehen, und so geschah es auch jetzt.

---

1) Bibl. Belg. C_{114}: (so schrieb Coornh. in der Entgegnung dieser Schrift) die B. B. bemerkt dazu: *Le ton, qui règne dans tout l'ourage est très-vif et s'éloigne sensiblement du language ordinaire de Coornh., son zèle pour la bonne cause et l'influence de ses malheurs domestiques* — Coornh. hatte nämlich diese Entgegnung vollendet *onder een reyse tot Hoorn ooc verscheiden grote huislijcke onleden — explipuent suffissament pourquoi Coornh. donne quelque fois lui-même dans le défaut, qu'il reproche à ses adversaires.*

2) Coornh. III. 323—340. Bibl. Belg. C_{114}. Vergl. Anm. 85.

Vor einigen Jahren waren von E n k h u i z e n aus Schiffer nach Portugal gefahren und vom König Philipp in Lissabon während seines glänzenden Krönungsfestes gastreich bewirtet waren sie dort mit einem Landsmanne, der schon seit zwanzig Jahren als Hellebardier im Dienste des Königs stand, zusammengetroffen.

Später, als diese Schiffer schon wieder in ihrer Heimat waren, wurde dieser letztere, um seinen Bruder zu besuchen, mit Briefen vom König Philipp nach Enkhuizen geschickt, dort suchte er die Schiffer wieder auf, erinnerte sie an die Freundlichkeit König Philipps, pries dieselbe, wie auch dessen guten Willen für die Niederlande und zeigte ihnen die Briefe mit der milden Anerbietung von Gnade und Belohnung für diejenigen, die sich in die Arme seiner Majestät werfen wollten. Durch diesen Köder gereizt entstand eine grofse Verschwörung in Enkhuizen. W o u t e r V e r h e e , ein angesehener Bürger dieser Stadt, bekam die Briefe zu lesen, er war empört, doch schwach und zögerte, die Sache ruchbar zu machen, da schon viele seiner Freunde darin verwickelt waren. Als er dann aber im Herbste 1582 nach Haarlem kam, meldete er die Angelegenheit im geheimen Gespräch seinem Vertrauten Coornhert, dieser erkannte die Sache tiefer, sah die bösen Folgen die daraus entspringen können, tadelte seinen Freund sehr, dafs er dies der Obrigkeit verschwiegen und erklärte ihm grade heraus, dafs er noch an diesem Abend nach dem Haag gehen würde, um es den dort versammelten Staaten zu melden. Verhee erschrak hierüber gewaltig und mühte sich, Coornhert von diesem Vornehmen abzubringen, da doch in Enkhuizen ein gutes Fähnlein Soldaten läge. Coornhert blieb trotzdem bei seinem Vorsatze und verlangte eine Abschrift von des Königs Brief, verpflichtete sich jedoch, sein Bestes zu tun, dafs es niemandes Blut kosten solle. Darauf versprach ihm der Andere eine Abschrift, die er nicht bei sich hatte, am nächsten Tage einzuhändigen. Coornhert wollte darauf jedoch nicht warten, er reiste des Nachts, kam am andern Morgen im Haag an und berichtete, was er erfahren, an Niclaes van der Laan, der zum *dagvaard* dort war; dieser brachte alles in der Staatenversammlung vor [1]). So waren die Staaten durch die bürgerliche Treue und den dienstwilligen Eifer Coornherts in den Stand gesetzt, den Anschlag vollständig zu unterdrücken.

Auch noch in anderer Beziehung meinte Coornhert, den Staaten einen ausgezeichneten Dienst erweisen zu können. Er machte sich jetzt am Ende des Jahres daran, die Irrtümer in dem neuen Niederländischen Catechismus von 1563, die ihm schon früher aufgestofsen waren, nachzuweisen und für die Abänderung zum allgemeinen Besten zu wirken. Vor dieser Absicht hatte sich seine übrige, literarische Tätigkeit dieses Jahres zum Teil auf die Herausgabe schon früher vollendeter Werke beschränkt, hiezu gehören 4 Comoedien [2]) und eine ethische Studie [3]), zum Teil hatte er neue Werke verfafst, welche aufser den schon erwähnten polemischen sich aufs poetische [4]), dogmatisch-polemische [5]), rein dogmatische [6]) und auf das ethische [7]) Gebiet mit je einer Schrift erstrecken, aufserdem gab er auch in diesem Jahre die Übersetzung einer Schrift Castellios [8]) heraus.

1) Bericht nach Hooft: *Nederlandsche Historien*. Amsterdam 1642. XIX. 822. Bor. XVII. 317. b. Brandt I. 693.
2) Bibl. Belg. $C_{112 \cdot 73 \cdot 101 \cdot 39}$.
3) Bibl. Belg. C_{75}.
4) Bibl. Belg. C_{74}.
5) Bibl. Belg. C_{48}.
6) Bibl. Belg. C_{105}.
7) Bibl. Belg. C_{38}.
8) Bibl. Belg. C_{126} (C_{127}).

Die Behandlung des Catechismus mufste ihn schon lange beschäftigt haben und ihm als brennende Frage durchaus notwendig erschienen sein, denn in fast allen seinen früheren polemischen Schriften namentlich in denen über die Erbsünde finden sich schon Andeutungen über die falsche Lehre desselben. Er hatte oft gewünscht mit den Predigern darüber zu verhandeln, doch diese hatten seinen Wunsch stets unbeachtet gelassen und waren auf andere Dinge gekommen. Jetzt endlich konnte er, da die Prediger ihn damit in Ruhe liefsen, sich dieser Arbeit zuwenden.

Die Prediger hatten in einer Schrift offen bekannt, dafs die Freiheit des Menschen, glauben zu können, was er wolle ihnen mishage; sie hatten daher in den Gemeindeschulen alle früheren Bücher verboten und ihren Catechismus eingeführt. „Dieses Vornehmen zum Vergiften des zarten Verstandes der Jugend und zum Einführen des Gewissenzwanges" hielt Coornhert für schädlicher, als einen feindlichen Einfall und verderblichen Brand in einer Stadt. Dagegen müsse man jetzt zur Warnung der politischen Obrigkeit und der Untertanen Alarm rufen; die Prediger mit seinem Schreiben zu ermahnen, habe er keine Hoffnung mehr. Diese Absicht könne man ihm nicht verargen, da er dabei die Freiheit in Glaubenssachen, eine der besten Früchte, die durch den schädlichen und blutigen Krieg in den Niederlanden erworben sei, gebrauche [1]).

Diese Angriffe gegen den Catechismus, und den Beweis dafür, dafs er nicht aus der heiligen Schrift gezogen, sondern von Menschen zusammengesetzt sei, legt er in seiner *Proeue vande Nederlantsche Catechismo*[2]) nieder. Er widmet diese Schrift den

---
1) Coornh. III. 465. 466. Nochmals abgedruckt II. 224.
2) Coornh. III. 465—478. II. 224—236. Bibl. Belg. $C_{97\cdot96}$.
In seinen Werken heißt die Schrift wie in der Ausgabe von 1617 *Proeve van de Heydelberghsche Catechismo*.

Staaten von Holland, indem er ihnen die Gründe auseinandersetzt und erklärt, dafs er, wenn diese Schrift nicht genüge, und man ihm nicht vor einigen parteiischen Commissaren, sondern vor ihnen selbst Gehör verleihe, auch bereit sei, die Frage noch ausführlicher zu erörtern. Bevor er die Abhandlung jedoch an die Staaten schickt, sendet er eines von den schon gedruckten, aber noch nicht veröffentlichten Exemplaren an Niclaes van der Laan nach 's Gravenhague, damit er es mit Andacht lese und allein oder mit den Predigern, falls er etwas Unrechtes darin fände, ihn davon unterrichte, in diesem Falle wolle er alle gedruckten Exemplare verbrennen. Wäre andererseits aber die Ausgabe des Buches zu diesen Zeiten schädlich für's Gemeinwohl, so wolle er dieselbe noch eine Zeit lang einhalten und unterdrücken. Als Verlaan [1]) darauf nach Haarlem zurückgekommen war, erklärte er Coornhert, dafs ihm die Schrift sehr mifsfiele, einen genügenden Beweis und zureichende Gründe konnte er jedoch dafür nicht angeben. Coornhert kam daher mit ihm darin überein, dafs sie einen um den andern Tag in Laan's Hause zusammenkommen wollten, um darüber im Beisein des Predigers Damii und 3 oder 4 unparteiischen Männern zu verhandeln. Diese Absicht wurde jedoch wieder geändert, da am Neujahrstage 1583 van der Laan Coornhert 4 Fragen: über die Beschaffenheit des Menschen als Bild Gottes nach der Schöpfung, über den Schaden dieses Bildes durch den Sündenfall, über die Stellung des wiedergeborenen Menschen in diesem Leben und nach der Auferstehung vorlegt, Fragen, die von seiner Hand geschrieben, aber wohl nicht seinem Geiste entsprungen waren. Coornhert beantwortete sie am andern Tage, doch

---

1) Eine andere Schreibweise für van der Laan.

seine Antwort mifsfiel Verlaan, sie lautete: Der Mensch sei gut geschaffen zu einem Bilde Gottes, um ein Bild Gottes in Christo zu werden, bei seinem Fall habe er Schaden in seinem guten Wesen, nicht im Bilde Gottes, da er es nicht besafs, erlitten, nach der Wiedergeburt sei er heilig als Kind Gottes, ohne, was er vorher konnte, ewig wieder abfallen zu können, nach der Auferstehung ein Engel im Himmel. Van der Laan fuhr auf und sagte, das Beste wäre, dafs Coornhert und die Prediger selbst bei den Herren Staaten in ihrer Versammlung verhört würden, worauf Coornhert erwiderte, das wäre ja gerade sein Begehren, da dies doch eine allgemeine Sache von der gröfsten Wichtigkeit sei. Doch van der Laan lenkte wieder ein und sagte ihm, dafs er seine Antworten den Seinigen zustellen würde, diese würden dann auch auf Coornhert's Fragen, die er daneben gestellt, wieder antworten.

Ob es nun aber den Predigern ungelegen war, seine Fragen zu beantworten, oder seine Antwort zu widerlegen, mag dahingestellt bleiben, jedenfalls ist das gewifs, dafs Coornhert nichts weiter davon vernahm. Van der Laan war ohne es ihm mitzuteilen, nach 's Gravenhague wieder abgereist und hatte das Buch den Staaten eingereicht. Diese nahmen zumal in dieser gefahrvollen Zeit, da nicht nur die vielen Feinde das Land bekämpften, sondern auch der Herzog von Anjou gerade seine Anschläge auf Antwerpen und andere Städte in's Werk gesetzt hatte, das Buch nicht gut auf, sie debattierten darüber hin und her und hatten teilweise gemeint, dafs das Buch zu den gemeingefährlichen gehöre und demnach der Drucker gemäfs des Plakats vom Jahre 81 bestraft werden müsse. Doch da van der Laan bemerkte, dafs das Buch noch nicht im Handel wäre, und Coornhert erst die Meinungen Anderer hören wollte, wurde beschlossen, das

Buch Saravia[1]) einem Professor in Leiden zu übergeben, der es mit einem Prediger untersuchen solle, um darin, was gegen den Katechismus streite, zu sammeln, dieses dann in Propositionen und Thesen zu verfassen, über die Coornhert sich erklären solle, damit man gründlich den Unterschied seiner Lehre und der des Katechismus erkenne[2]).

Dies teilt van der Laan Coornhert am 19. Februar mit, worauf dieser am folgenden Tage schreibt, dafs ihm zwar die Gegner angenehm seien, dass es jedoch einer Aufstellung von Propositionen nicht mehr bedürfe, da er diese schon gegeben hätte, indem er zwei Sätze des Katechismus angriffe, erstens, dafs es nach dem Katechismus unmöglich sei, das Gebot von der Liebe zu Gott und den Nächsten vollkommen zu halten und zweitens, dafs wir alle von Natur geneigt seien, Gott und den Nächsten zu hassen; hierüber müsse man verhandeln.

Für's erste hörte Coornhert nichts wieder von der Angelegenheit. Als sich aber seine Absicht unter den Predigern verbreitete, lieferten die alten Feinde Coornherts Arn. Corneliszoon und R. Donteclock eiligst eine Schrift: „*Remonstrantie aen mijn Heeren de Staaten slands van Hollandt*", eine reine Denunziation mit schweren Anklagen über Coornhert und sein Treiben an die Staaten ein; sie mifstrauten ihrer Lehre nicht, noch suchten sie Ausflüchte, sondern suchten ernstlich gegen ihn gehört zu werden. Fände man, dafs ihre Religion falsch und verführerisch wäre, so wollten sie nicht allein andere neben sich dulden, sondern selbst leiden, dafs die ihre, wie es gerecht wäre, verboten würde. Sie getrauten sich aber, allen Frommen und Unparteiischen

---
1) Über ihn vgl. Sepp. a. O. I. 63. f.
2) Coornh. III. 431, 432. Bor. XVIII. 404. Brandt I. 693—95.

zu beweisen, dafs nicht im Katechismus, sondern in den Augen des Widersachers hässliche Flecke und Unsauberkeiten wären, dafs nicht die reformierte Lehre, sondern der Anfechter von der apostolischen Kirche abgewichen wäre, oder vielmehr nie recht darin gestanden hätte, und dafs er die alten Ketzereien von Pelagius und Coelestius, die durch die Kirche nach Gottes Wort verurteilt waren, wieder an den Tag brächte, dafs nicht ihre Sendung, sondern sein Tadel ungesetzlich, unschicklich und gottlos wäre[1]). So wurde er als Häretiker behandelt, der Rebellion und der Verleumdung gegen die reformierte Kirche und ihre Diener angeklagt.

Zuerst glaubten die Prediger, dafs mit der Überlieferung dieser Schrift an die Staaten genug getan wäre, doch als das Werk Coornherts verkauft worden war und viel gelesen wurde, konnten sie nicht umhin auch ihre Schrift durch den Druck gemein zu machen, um gegen seine, wie sie sagten, falschen Beschuldigungen ein Gegengewicht zu haben. Jetzt schienen die Sachen für den tapfern Polemiker eine sehr böse Wendung nehmen zu wollen, hätte nicht Oranien namentlich nach Veröffentlichung dieser Remonstrantie[2]) noch fort und fort ihm seinen Schutz angedeihen lassen. Das Betragen der Prediger gegen Coornhert mufste überhaupt Abscheu erwecken, denn sie beschmutzten seinen Namen mit den gemeinsten Schimpfwörtern; wir besitzen noch eine ganze Blütenlese davon, sie nannten ihn den holländischen Buben, einen rasenden Hund, einen unbeschnittenen Goliath und Anblaser des Satans, Fürst der Libertiner, der den freien

---

1) Bor. XVIII. 404 c. d. Brandt I. 695, 696. Bibl. Belg. C_{134}.

2) Bibl. Belg. C_{134} auch abgedruckt bei Coornh. II. 240 bis 243.

Willen aus der Hölle holt, Schmied aller Ketzereien und aufrührigen Teudas; derartige delikate Bezeichnungen hatten sie scheffelweise für ihn [1]). Auch ganze Geschichten erdichteten sie, um ihn in bösen Leumund zu setzen. So ging die Märe, dafs er auf der Leidener Disputation so zornig geworden wäre, dafs er mit Fäusten auf seine Gegner eingeschlagen hätte. Coornhert hat in der Vorrede zum Synodus [2]) uns erzählt, dafs einst zwei Matronen, die ihn wohl kannten, zu ihrem Verwundern allerlei Böses über ihn hörten, so dafs der Verleumder sie fragte: „Verwundert Ihr Euch darüber? Er betreibt noch viel schlimmere Sachen, ja er buhlt, wie man wohl weifs, mit seiner eigenen Tochter." Als die Matronen dies hörten, sagte die eine von beiden halb lachend: „Sind die andern Coornhert nachgesagten übelen Dinge nicht wahrhaftiger, als dieses, so haben sie wenig Wahrscheinlichkeit, denn er hatte in allen seinen Tagen niemals weder eheliche, noch uneheliche Kinder."

Derartig war also das schändliche Vorgehen der Prediger, so dafs es zu bewundern ist, dafs Coornhert immer seine vollkommene Ruhe behielt, mag man ihm auch vorwerfen wollen, dafs er allzu scharf vorgegangen sei, unnatürlich ist es keinenfalls; der Mensch müfste noch geschaffen werden, der, nachdem er einmal den Kampf begonnen, solche Verleumdungen über sich ergehen liefse, ohne bis zum letzten Atemzuge sich zu verteidigen.

Als nun die Prediger ihre Anklageschrift in den Handel gegeben hatten, verfafste Coornhert sofort eine Gegenschrift[3]),

---

1) Der Herausgeber seiner Werke der Verlagsbuchhändler Jacob Aertz. Colom führt sie in der Vorrede zum 2. Bande an.

2) Coornh. II. Synodus Vorrede. Fol. 1—2.

3) *Theriakel teghen het Venijnighe Wroegschrift.* Coornh. II. 237—257 erst 1610 herausgegeben, vgl. Bibl. Belg. C_{107}.

in der er hauptsächlich den Zustand der Gewissensfreiheit in Holland und Seeland auseinandersetzte, wollte dieselbe auch sofort am 24. October in den Druck geben, änderte jedoch diesen Entschlufs und liess sie ungedruckt.

Auch Daneus hatte in diesem Jahre, wohl durch das stete Fortschreiten Coornhert's veranlafst, sich endlich herabgelassen, auf Coornhert's Schrift Zeepe vom Februar des vorigen Jahres eine Gegenschrift Calx viva herauszugeben. „Dieses ist fürwahr so recht ein Kalk von spitziger Bitterkeit", schrieb Coornhert dagegen, „dafs ich gegen mich selbst ein Phalaris oder Nero sein müfste, wenn ich nicht mit kühlem Wasser den brennenden Kalk löschte und ihn mit Stillschweigen bewilligen würde, denn er dichtet mir in diesem Kalk offenbar solche schändliche, gottlose, ja todeswürdige Lehren an, dafs ich, wenn er die Wahrheit spräche, unwürdig wäre, dafs mich die Erde trüge, und, wenn ich dazu schwiege, dafs mich jeder dafür erachtete."

In der entgegnenden Abhandlung [1]) übersetzte er das lateinisch geschriebene Werk Danei und setzte eine Widerlegung hinter jedes der 41 Kapitel.

Neben diesen Schriften hatte Coornhert noch vor der nun folgenden Disputation eine polemische Abhandlung [2]), eine Übersetzung des Philo Judaeus [3]) und eine ethische Studie [4]) herausgegeben. Aufserdem hat er noch eine Streitschrift gegen die drei Delfter Prediger: *van de vreemde (Sonde, Schulde, Straffe) nasporinghe* [5]) verfafst, die aber

---

1) *Levende Kalk — vertaalt uyt den Lateine in neder Landts door D. V. Coornhert die daar by heeft gestelt een korte Antwoorde.* Coornh. III. 356—366. Bibl. Belg. C_{145}.

2) Bibl. Belg. $C_{124 \cdot 125}$.

3) Bibl. Belg. P_3.

4) Bibl. Belg. C_{88}.

5) Coornh. II. 482—523. Bibl. Belg. $C_{116 \cdot 117}$.

im Jahre 1584 erst im Druck erschien. Nach einem Jahre und neun Monaten vergeblichen Wartens hatte Coornhert nämlich endlich am 19. Februar 1583 von diesen eine unvollständige Erwiderung auf seine im Mai 81 erschienene Duplik erhalten, die sich nur auf die erste Hälfte bezog. Sie glaubten hiermit seine Ansicht schon genügend widerlegt zu haben, den andern Teil würden sie erst geben, wenn sein Buch im Druck erschienen wäre, vor der Zeit könne wenig Frucht aus ihrem Schreiben kommen.

10. Die Disputation zu 's Gravenhague.

Endlich am 16. September 1583 erhielt Coornhert, nachdem er sie am 15. um nähere Nachricht gebeten, von den Staaten die Aufforderung, sich Mittwoch den 21. des Monats in 's Gravenhague einzufinden. Doch verzögerte sich der Anfang der Disputation durch mancherlei Verhandlungen über die Rechte der Parteien und Art und Weise des Disputs noch über einen Monat; namentlich wünschte Coornhert authentische Copien von den Verhandlungen, damit es ihm nicht wie in Leiden ergehe. Nachdem Coornhert nun, obgleich seine Frau schwer erkrankt daniederlag, nach dem Haag gereist war, stand die Sache so, dafs ihn am 26. Oktober morgens noch jede authentische Copie von den Verhandlungen verweigert wurde. Da er sich jedoch entschieden weigerte unter dieser Bedingung in die Disputation einzutreten und standhaft auf seinem Rechte beharrte, „man solle diesen Handel, der das Licht der Wahrheit berühre, nicht im Dunkeln ausfechten", machten dann die Kommissare Konzession auf Konzession. So wurde ihm zum Letzten bewilligt, dafs beide Parteien einen Notar wählen könnten, der den Eid der Treue leisten sollte, um jedes zu verzeichnen, was gesprochen würde; das Protokoll sollte man dann kollationieren, virgulieren, unterzeichnen, jeder sollte dann eines davon erhalten und es bei der nächsten Verhandlung wieder mitbringen; ferner wurde bewilligt, dafs dieser Disput öffentlich vor allen ehrenhaften Leuten, die wollten, stattfinden sollte, Coornhert mufste sich dagegen verpflichten, von der Disputation ohne Bewilligung Sr. Exzellenz und der Staaten bei hoher Strafe nichts in den Druck zu geben [1]). Das war allerdings hart für ihn, aber härter war es doch, den begonnenen Handel ruhen zu lassen, und es gab nur diese Alternative [2])

Bei der Disputation sollten die Kommissare keine Richter, sondern nur Leiter derselben sein, auf der einen Seite sollte Saravia auf der andern Coornhert sprechen. Als stumme Genossen assistierten Saravia die beiden Delfter Prediger Corneliszoon und Donteclock. Aufserdem hatten sich viele Prediger eingefunden, die später alle hinter Saravia sitzen und ihm eifrig einblasen halfen, was er, wie Coornhert meint, sehr nötig hatte.

Am 27. Oktober 1583 vormittags erschienen in dem Ratszimmer des hohen Rates 15 Kommissare, von denen sechs

---

1) Deshalb gab Coornhert auch die *Disputatie over den Catechismus* nicht heraus, sondern erst nach seinem Tode gab wahrscheinlich Boomgaert dieselbe 1617 in den Druck. Dies zur Antwort auf die Frage in der Bibl. Belg. C_{52}: *Lui aurait-il* (Coornh.) *été défendu de publier aucun écrit au sujet de ce colloque, ainsi qu'on avait procédé à son égard lors du colloque de Leiden de 1578?* vgl. Coornh. III. 435 c. 436. a. 449 a.
Die Abhandlung enthält die offiziellen Dokumente der Disputation, die alle von Saravia, Coornhert, ihren Notaren und dem der Staaten unterzeichnet sind, außerdem verschiedene Briefe Coornh.'s in Betreff des Disputs, ein Memorandum und offizielle Schreiben. Vgl. Bibl. Belg. C_{52}. Coornh. III. 429 bis 464 (richtiger 462).

2) Coornh. III. 479. a.

Mitglieder vom hohen Rate, einer vom Provinzialrate, die
übrigen von den Herren Staaten und zwar einer von den
Edlen und sieben von den Städten Rotterdam, Dordrecht,
Haarlem, Delft, Leiden, Amsterdam, Alkmaar und Enkhuizen
abgeordnet waren; Gouda hatte keinen deputiert, da es un-
parteiisch war. Zuerst mufsten hier die Colloquenten den
Eid leisten, sich christlich in dem Handel zu betragen und
die Protokolle, bis von der Obrigkeit anders befohlen, geheim zu halten, dann die Notare, alles genau nachzuschreiben,
nichts zu kopieren und ebenfalls das Protokoll geheim zu
halten. Darauf versammelten sich alle im Audienzzimmer des
hohen Rats im Beisein von verschiedenen Zuhörern.

Zuerst spricht Saravia Coornhert seinen Tadel darüber
aus, dafs die Frage, die er in seiner Proeve behandelt: „Ob
die gläubigen Menschen durch Gottes Gnade in Christo das
Gebot Christi von der Liebe zu Gott und dem Nächsten
hier vollkommen halten können" in dem Katechismus überhaupt nicht stände. Coornhert erwidert dagegen, dafs er
nur den Inhalt, worauf es doch nur ankomme, hervorgehoben
habe, übrigens hätte er schon selbst vor der Ausgabe seines
Buches die richtige Fassung der Frage über die alte kleben
lassen. Darüber entspinnt sich dann von Saravia veranlafst
eine lange, unnötige Debatte, bis Coornhert, um endlich zu
den eigentlichen Punkten zu gelangen, bekennt, dafs er
darin geirrt habe. Doch Saravia geht auch jetzt noch wie
die Katze um den heifsen Brei herum und führt an, dafs
Coornhert seinen Tadel nicht an der rechten Stelle vorge-
bracht habe, er habe darauf Bedacht nehmen müssen, dafs
der Katechismus in drei Teile: „von des Menschen Elend,
von seiner Erlösung und von der schuldigen Dankbarkeit
des Menschen zu Gott" zerfalle, er habe dies aber nicht getan und die fünfte angegriffene Frage, die noch von des

Menschen Elend handle, so behandelt, als wenn auch alle wiedergeborenen Menschen darunter begriffen seien. Wenn er das gewollt, hätte er die 114. Frage angreifen müssen, die allerdings auch in der Antwort das vollkommene Halten der Gebote von dem Wiedergeborenen leugne; hierbei hätte er also seinen Tadel stellen müssen. Coornhert betont dagegen, dafs trotzdem die Uneinigkeit bleibe, er bestehe auch gar nicht auf die Stelle, ihm käme es auf den ganzen Katechismus und sowohl auf den noch nicht Wiedergeborenen, als auch auf den Wiedergeborenen an, doch um Zeit zu ersparen, wolle er als Ungelehrter nachgeben und den status quaestionis so stellen, ob ein wiedergeborener Mensch die Gebote Gottes von der Liebe vollkommen halten könne, oder nicht. Coornhert will gegen den Katechismus beweisen, dafs dies wohl möglich sei, es sei ein Unterschied zwischen Werken, die unmöglich, die schwer und die leicht zu tun seien, das Unmögliche geschehe nimmermehr, die zwei letzten aber wohl, nämlich die einen schwer, die andern leicht. Die Gebote Christi aber, darunter das vornehmste das von der Liebe zu Gott und den Nächsten sei, seien nicht schwer, sondern leicht zu vollbringen. Dies Argument giebt Saravia Coornhert zu, doch sagt er, dafs der Katechismus in Betreff des wiedergeborenen Menschen nichts dagegen lehre, Coornhert möge beweisen, wie das gegen den Katechismus streite. Coornhert erwidert darauf, das täte eben die 114. Frage, denn ihre Antwort fasse den status quaestionis so, dafs die Gebote nicht vollkommen von den Wiedergeborenen gehalten werden könnten, während er sage, weil die Gebote leicht seien, könne man sie auch vollkommen halten. Doch Saravia hält dagegen, dafs Coornhert sich hierin gewaltig betröge, denn das Erfüllen der Gebote sei weit verschieden vom vollkommenen Erfüllen. — Mit diesem Nebenpunkte, ob das Erfüllen vollkommenes Erfüllen sei, oder nicht, beschäftigten sie sich lange, jeder wollte seine Meinung halten, zum Besten ausdrücken und belegte sie mit vielen Schriftstellen.

Diese vorhergehenden Verhandlungen dauerten vom 27. Oktober bis zum 1. November, fünf Tage lang, vormittags und nachmittags. Die Gegner verhandelten sehr freundlich miteinander und vergaben sich durchaus nichts, doch den Kommissaren währte dies zu lange und um durch die Vergrösserung der Gegenreden die Disputation nicht zu sehr in die Länge zu ziehen, sollte Coornhert auf das von Saravia Vorhergesagte so kurz wie möglich mit den dazu nötigen Anführungen aus Gottes Wort antworten und darauf möge Saravia anführen, was ihm beliebe. Dann sollten sie endlich zur Sache übergehen und Coornhert zuerst das, was er in seiner Procue geschrieben habe, in kurzen Worten und zwar in Form von Propositionen mit den Beweisen aus der Schrift anführen, und gegen jede dieser Propositionen sollte Saravia das Wort haben, dann Coornhert seine Replik und Saravia seine Duplik liefern und dann die Sache abgetan sein.

Nachdem nun demgemäfs die Beiden sich über den vorigen Punkt auseinandergesetzt hatten, geht Coornhert am Nachmittage des 2. November, obgleich er noch etwas zu erwidern hatte, zu seinem Buche über. Er bewies, dafs es Gottes Wille sei, dafs wir sein Gebot von der Liebe vollkommen halten sollten, mit vielen Texten vom Gebot, von Gelübden, von der Erwählung und dem Leiden Christi, die sich alle auf den vollkommenen Gehorsam bezogen. Da nun Gottes Wille bewiese, dafs solches geschehen sollte, könnte man das Geschehen nicht leugnen, denn das wäre Gotteslästerung.

Da er nun eine grofse Sammlung von klaren Texten vorbrachte, verdrofs dies die Prediger sehr, sie klagten über zu langes Sprechen und suchten zur Antwort Zeit. Coornhert hielt ihnen dagegen vor, dafs auf ihre Bitten die Kommissare ihm gegen seinen Willen, alles zugleich anzuführen, befohlen hatten, er hatte ausdrücklich dagegen gesagt, dafs sie die Disputation nicht in eine Predigt verwandeln sollten. Ihr Wille wäre jetzt geschehen, was er ihnen denn noch für Unrecht täte. Darauf verlangten die Prediger zur Beantwortung von den Kommissaren eine unbestimmte Zeit[1]). Jetzt erhielt Coornhert aber durch einen reitenden Boten Bescheid, dafs er sofort nach Haarlem kommen möge, da seine Frau im Sterben liege. Er reiste daher am Abend ab, nachdem er sich durch seinen Neffen, den Ratsherrn Brederode, bei dem er im Haag wohnte, Urlaub verschafft hatte. Die Verhandlung mufste also so lange suspendiert werden, bis Coornhert wieder bereit sein konnte. Er wollte eigentlich am nächsten Tage von seiner Frau schon wieder fort nach dem Haag, da ihm die Sache zu sehr am Herzen lag, doch sah er selbst ein, obendrein noch durch die flehentlichen Bitten seiner Frau bewogen, dafs er sie nicht verlassen konnte. Der Zustand seiner Frau scheint sich dann aber wieder etwas gebessert zu haben, denn am 28. November wurden die Beratungen fortgesetzt. Die Prediger beklagten sich darüber, dafs der Disput zu lange dauern würde, da ihre Antwort jetzt sehr lang sein müsse, somit Coornhert's Replik noch länger und endlich ihre Duplik abermals länger. Als Coornhert sich deswegen noch einmal darauf berief, dafs es ihre eigene Schuld wäre, schlugen die Kommissare vor, das er auf jede Sache nur ein Argument

---

1) Coornh. III. 436—447. Vgl. auch den Brief Coornh.'s an seinen Bruder Frans Coornhert Volkertsz. Sekretär zu Amsterdam vom 8. November 1585. Coornh. III. 478. Bor. XVIII. 404. f. Brandt I 696.

bringen sollte, ein Anerbieten, das Coornhert entschieden ablehnte, sie nähmen ihm ja alle Beweismittel und legten ihm einen Maulkorb vor, er dächte im Gegenteil 10, 20 ja 100 Argumente, die für seine Sache wären und er für nötig hielte, zu gebrauchen. Man verfiel daher auf einen andern Vorschlag, er solle jeden Artikel vor dem Volke beweisen und sie darauf antworten, und dann solle er nochmals, diesmal aber für sich allein eine Replik darüber geben und die Prediger eine Duplik. Das genügte Coornhert aber keineswegs, denn so würde das Vorspiel von allen Leuten, die Replik und Duplik aber, worin die meiste Kraft liegen würde, nur von sehr wenig Leuten gehört werden, so würde es nur ein halbes Werk sein. Doch sei er, damit man ihn nicht für störrisch halte, dazu bereit, wenn die ganzen Verhandlungen später veröffentlicht würden. Doch davon wollten die Commissare nichts wissen, sie steiften sich darauf, dafs sie dazu keinen Auftrag hätten, und, als Coornhert sie darauf aufmerksam machte, dafs sie darum jetzt leicht einkommen könnten, da Sr. Excellenz zu Delft wäre und die Staaten im Haag selbst tagten, meinten sie einfach, das ginge nicht, man solle nur in der alten Weise fortfahren. Demnach ergriff also Saravia das Wort und suchte Coornhert's Ansicht zu widerlegen, er gebrauchte dazu die Zeit vormittags und nachmittags vom 28. November bis zum 1. December mittags, das Diktat umfafste ungefähr 20 Seiten. Zum Schlufs betonte er darin, dafs Coornhert's Argumente, die er jetzt widerlegt hätte, alle sophistisch seien. Da die Commissare nun einsahen, dafs dies mit dem Dictieren nicht so fortgehen könnte, befahlen sie Coornhert nach Hause zu reisen, um dort seine Replik zu schreiben, die er am Sonntag in acht Tagen einreichen sollte, damit sie dann im Haag vor dem Volke verlesen würde¹). Coornhert reiste also ab und lieferte die Replik schon am 9. December ein²), doch wurde sie zurückgehalten und nicht vor dem Volke verlesen. Coornhert verwunderte, sich darüber sehr, und, um die Sache besser zu befördern und nicht immer zwischen Haarlem und den Haag hin und her reisen zu müssen, was er bis jetzt zur Beschleunigung getan, vermietete er sein Haus in Haarlem und siedelte mit seiner kranken Frau und seinem ganzen Hausstande im Mai 1584 nach 's Gravenhague über. Endlich müfsten doch, meinte er, die Prediger ihre Schrift einreichen. Doch als nach 19 Wochen im Ganzen noch nichts geschehen war, geriet er doch stark in Bedenken und gab den ständigen Bitten seiner hinfälligen Frau nach und reiste wieder nach Haarlem zurück, wo er seinen ehrlichen Gewinn der Verhandlungen wegen bis jetzt ganz versäumt hatte. Er schrieb von da aus noch einmal am 18. Juni an die Staaten und bat um Fortsetzung; diese schrieben jedoch, dazu wären sie nicht committirt, er müsse sich an Sr. Excellenz und die Commissare wenden. Am 4. Juli wiederholte er dann sein Schreiben als Request an „Seine Prinzliche Excellenz", doch der Notar Rijswijck, der es dem Griffier Johann Wagewijns überreicht, wird von diesem abgewiesen, da er das Schreiben ja schon einmal überreicht hätte³).

1) Vgl. den Brief C.'s an seinen Bruder Frans. Coornh. III. 447 (richtiger 55) c. d.
2) Vgl. das Recepisse Coornh. III. 456 (falsch paginiert 61).
3) Coornh. III. 457 (falsch paginiert 59). Bor. XVIII. 405 berichtet bis zur Übersendung der Replik C.'s übereinstimmend mit diesem, von da aber wie folgt: „Da aber diese Replik sehr grofs war und die Prediger eine ungleich gröfsere Duplik machten, so meinten die Commissare, dafs dies ein unendliches Werk sei und so unendlich grofs würde, dafs es nicht leicht geendigt werden könnte, zumal da dies nur für den ersten von noch

Andrerseits kam Coornhert zu Ohren, dafs man das Plakat vom Jahre 81 gegen die schändlichen, anstofserregenden und aufrührerischen Bücher auch auf seine Procue ausdehnen wollte, deswegen wendete er sich an den Bürgermeister von Haarlem: er glaube nicht, dafs die Staaten mit ihrem Plakat erbauliche oder gute Bücher, wofür er das seine halte, verbieten wollten, wäre dies die Meinung, so wäre man nicht gehalten, ihnen darin zu gehorsamen. Doch da es eine sorgliche Sache wäre, unter zweifelhaften Plakaten, von denen die Erklärung mehr von den Verfassern abhing, als von der Auffassung der Untertanen, zu leben, bäte er um klare und einfache Erklärung des Plakats, um sich danach zu verhalten, oder aus dem Lande zu ziehen. Er würde sich selbst an die Staaten gewendet haben, wenn nicht alle seine früheren Schreiben einer Apostille nicht würdig erachtet worden wären, er wende sich daher an ihn mit der Bitte, es den Staaten zu überreichen. Im Weigerungsfalle ersuche er um einen Pafs und die Erlaubnis, in ihm gelegenere Plätze zu ziehen [1]).

---

folgenden 50 oder 60 Artikeln war, und machten deswegen den Staaten Rapport, welche sich dahin aussprachen, dafs man zu dieser Zeit, wo die Feinde so grofse Vorbereitungen machten, um das Land zu überfallen, und weil durch diesen Disput die Sache nicht zur Einigkeit, sondern zur gröfseren Uneinigkeit gebracht werde, die Disputation ruhen zu lassen. Wiewohl Coornhert verschiedene Remonstrationen übergab, um damit fortzufahren, ist da nichts weiter vorgefallen, als dafs die beiden Parteien gegen einander schrieben und verschiedene Bücher herausgaben."

Sei dem nun, wie ihm wolle, gewifs ist, dafs Coornh. nie die Duplik zu sehen bekommen hat, ebensowenig wie ein offizielles Schreiben, das ihm die Aufhebung der Verhandlung anzeigte. Vgl. Brandt I. 696, der beide Berichte nebeneinanderstellt.

1) Coornh. III. 460. Brandt I. 697.

Gegen die Prediger aber hatte er sich wie in zwei anderen polemischen Schriften [1]) hauptsächlich in der Haagschen Broschüre „*Van den Aflaat Jesu Christi*"[2]) im Mai 1584 gerichtet, um sich vor ihren Verläumdungen zu schützen, ihre falschen Lehren mit ihren eigenen Waffen, d. h. mit Auszügen aus der Bibel, den Kirchenvätern, Calvin, Bullinger, Musculus und andern mehr zu bekämpfen. Er hatte nun geglaubt, dafs seine Gegner die Höflichkeit haben würden, gegen diese Schrift nicht zu antworten, bevor sie nicht ihrer Pflicht in Betreff der Haag'schen Disputation genügt hätten, aber er hatte sich gewaltig geirrt. Denn kaum war er auf seinen schon vorher gefafsten Plan, so still wie möglich in Leiden, wohin er sich begeben wollte, zu leben und nichts mehr wegen des allgemeinen Notstandes gegen seine Gegner zu schreiben, zurückgekommen, als er sich wegen der Schrift der Prediger „*Redenen*", der vorgeblichen Widerlegung seines Aflaat, die kaum hingelegte Feder wieder zu ergreifen, genötigt sah. Sie hatten nicht etwa, um ihr Fernbleiben von der Disputation zu verantworten, geschrieben, nicht um dieselbe im Druck fortzusetzen, sondern nur um den Aflaat zu widerlegen. In diesem Sinne schrieb Coornhert dagegen in seiner Schrift: *Hemelwerck ofte quay toeuverlaat* [3]) und äufsert sich darin zum Schlusse, dafs er nichts mehr auf ihre Stückwerke antworten werde, bis sie nicht vorher den angefangenen Haag'schen Handel völlig beendigt hätten, dies sollten sie tun, wenn sie nicht mehr und mehr ihre Lehre der Falschheit verdächtigen wollten.

---

1) *Aantekeningen* Bibl. Belg. C_{35} und *Ofte gheloouve salich macht.* Coornh. III. 296—301. Bibl. Belg. C_{106}.
2) Coornh. III. 287—294. Bibl. Belg. C_{36}.
3) Coornh. II. 342—377. Bibl. Belg. C_{63}.

So schrieb er im April 1585. Jetzt hoffte er sich ganz von dem widerwärtigen Streit zurückziehen zu können, um seinen Studien zu leben.

11. Letzte Tätigkeit und Ende.

Schon im vorigen Jahre 1584 hatte Coornhert am Krankenbette seiner lieben Frau sich wieder mit ethischen Studien befafst, die er in der Abhandlung „Ladder Jacobs"[1]) niederlegte. Auch hatte ihn die Not des Landes, die durch den Tod Oraniens herbeigeführt ward, wieder zu einer politischen Flugschrift[2]) veranlafst, in der er riet, mit Spanien Friede zu machen, sich selbst gegen seine Macht zu schützen und zur Wahl eines Oberhauptes sich an Frankreich zu wenden.

In diese Zeit fallen auch seine engeren Beziehungen zu der *Rhederijckerkammer „de Eglentieren: In Liefd' Bloeyende"* zu Amsterdam, der wichtigsten in den 17 Provinzen[3]), zu deren Mitglied er ernannt war[4]). Hauptsächlich sind seine Bestrebungen zur Reinigung der holländischen Sprache, die er in Gemeinschaft mit den beiden Führern der Kammer **Hendrik Laurenszoon Spieghel** und **Roemer Visscher** auf's eifrigste erstrebte, zu verzeichnen. Man setzte so grofses Vertrauen in dieser Beziehung in Coornhert, dafs man ihn als Autorität in

---

1) Coornh. I. 165—176.
2) *Overweghinghe van de teghenwoordighe gelegentheyt der Nederlandtsche saken* Coornh. I. 551—554.
3) W. J. A. Jonckbloets Gesch. der Niederl. Literatur. Deutsche Ausgabe von W. Berg mit Vorwort von E. Martin. Lpz. 1870. I. 440.
4) Bibl. Belg. C_{140}.

diesem Fache ansah. Dies beweist, dafs man ihn zu dem grofsen Werke der Kammer, welches die Reinigung und Herstellung der Grammatik der holländischen Sprache zuerst in der *Tweespraack van de Nederduitsche Letterkunst*[1]) und folgenden Abhandlungen[2]) anstrebte, welche mit diesem ersten zusammen in dem „*Kort begrip leerende recht Duits sprecken*[3]) gesammelt sind, als ratgebenden Mitarbeiter heranzog, ja ihn sogar damit betraute, die Vorrede zu der *Tweespraack* zu schreiben. Aus dieser lernen wir seine tiefeingreifenden Absichten in dieser Beziehung kennen: „Es sind nun 20 Jahre her, dafs ich beim Betrachten des überflüssigen Reichtums unserer niederländischen Sprache Unzufriedenheit darüber empfand, dafs man so ganz unnötig aus fremden Sprachen das zu nehmen und zu entlehnen pflegte, was wir doch im eigenen Lande mehr und besser besitzen; ich nahm mir deshalb vor, meine Muttersprache wieder zu ihrer alten Ehre zu bringen und ihr Kleid, das an und für sich reich und zierlich ist, von den unnützen Lappen und schmutzigen Flicken nach meinen geringen Kräften zu säubern. Den Anfang dieses Vornehmens kann man in einigen von mir übersetzten und im Druck erschienenen Büchern besonders in den Officien von Cicero ersehen"[4]).

Durch diese Bestrebungen veranlafst, gab er dann auch in diesem Jahre eine neue Ausgabe des Boethius[5]), da die erste zu sehr durch den Druck entstellt war, heraus, wie auch hierzu die poetische Übersetzung des Werkes des Fur-

---

1) Bibl. Belg. $T_{16 \cdot 17}$.
2) Bibl. Belg. $R_{14 \cdot 15}$. B_{42}.
3) Bibl. Belg. B_{43}.
4) Bibl. Belg. T_{16}. Jonckbloet a. O. 455.
5) Bibl. Belg. C_{140}.

merus de rerum usu et abusu [1]) in dem *Recht Ghebruyck ende Misbruyck* [2]) gehört.

In diesem Kreise von edlen Männern konnte dann auch sein gröfstes Werk „*Zedekunst dat is Wellevenskunste*" [3]), seine Ethik, gedeihen, welche ihm bezeichnend genug den Titel des niederländischen Seneca eingetragen hat. Durch die Anregung Spieghels entstanden, hat er das Werk diesem treuen Freunde gewidmet, die erste Ethik, die in den Niederlanden erschien und auf dem Boden der alten Stoiker stehend die Lehre derselben mit denen des Christentums auf's engste verschmilzt. „Als höchstes Prinzip galt ihm darin das alte sokratische „Erkenne Dich selbst", dafs eine tiefsinnige Untersuchung nach dem Wesen des Schöpfers ebenso nutzlos, wie eine vollkommene Kenntnis unseres sündigen Zustandes nützlich sei. Den Satz „alle Kenntnis stammt aus Erfahrung" bringt er in genauen Verband mit seiner ethischen Grundregel „keine Tugend ohne Kenntnis" so untadelhaft konsequent, dafs er alsbald den höheren Stand der Wissenschaft über den Glauben beweist, der auch als eine Art Kenntnis gehandhabt wird. Bei dem Lehrling der Alten, dem Adept der Renaissance, dem niederländischen Moralisten von 1586 kann diese Geringschätzung des Glaubens nicht als eine Verkennung des religiösen Gefühls ausgelegt werden. Bereits das theologische Schulgezänk seiner Tage hatte ihm gelehrt, den Inhalt des Glaubens jedermanns Überzeugung frei zu lassen, mochte er auch als wahrhaftiger Protestant die Schrift hierfür als einziges Normatif erkennen. Ein glänzendes Zeugnis seiner gesunden Würdigung des reli-

---

1) Bibl. Belg. F_{15}.
2) Bibl. Belg. C_{57-59}. Vgl. Bibl. Belg. L_{42} und Jonckbloet a. O. 446.
3) Coornh. I. 268—335. Bibl. Belg. $C_{121-122}.C_{56}$.

giösen Gefühls gab er im Kapitel über die Liebe und über den wahren Gottesdienst"[1]). Auch in sprachlicher Hinsicht leistete Coornhert in diesem Werke Hervorragendes, so dafs man ihn mit Recht neben Marnix van St. Aldegonde den Gründer der niederländischen Schriftsprache nennt[2]). Die ruhige, schriftstellerische Tätigkeit sollte bald ihr Ende erreicht haben. Er hatte sich im Dezember 1587, um ganz in aller Ruhe wirken zu können und nicht durch die beständigen Notariatsgeschäfte hierin gestört zu werden, entschlossen, seine Wohnung von Haarlem nach Delft zu seinem Freunde L. A. Boomgaert zu verlegen. Schon seit 30 Jahren hatte er in Stunden der Mufse und auf der Reise eine grofse Anzahl Auszüge aus der Bibel gesammelt, die wollte er jetzt ordnen, da sie sich in seinen Büchern und Papieren zerstreut fanden. Er hielt dies für ein sehr nützliches Werk, das vielen Leuten grofse Arbeit ersparen würde. Als man jedoch in Delft, dem Wohnplatz Corneliszoon's und Donteclock's von seinem Plane erfuhr, verbot ihm der Bürgermeister in einem Briefe den Aufenthalt in dieser Stadt. Coornhert beschlofs darauf in Haarlem zu bleiben und arbeitete dort so gut es ging an seinem Werke. Doch um St. Johannis 1588 entschlofs er sich, zwei oder drei Wochen bei seinem Freunde Boomgaert zu bleiben. Er wollte den Grund wissen, warum man ihm den Aufenthalt verweigert hatte, die Ankläger kennen lernen, sich rechtfertigen und vom Magistrate Wiederherstellung seines guten Rufs verlangen. Deswegen schickte er am 19. Juli an die

---

1) Über Coornh.'s Stellung als Philosoph vgl. die eingehenden Bemerkungen ten Brinks in seinem Werke über Coornhert in den *„Aanteekeningen"* 149—186, der ihn auch im Gegensatze zum epikuerischen Skeptiker, dem Franzosen Montaigne betrachtet.

2) Jonckbloet a. a. O. 443.

Delfter Obrigkeit ein Schreiben mit der Aufforderung, ihm, als einem anerkannt wohlverdienten Untertan vollkommenes Recht, das man keinem Übeltäter weigere, zu gewähren und ihm seine heimlichen Ankläger vor Augen zu stellen. Ferner schrieb er hier in Delft durch die Mafsregeln der Obrigkeit veranlafst eine Abhandlung, die eine Sammlung von Maximen über die Kunst des Regierens und den schuldigen Gehorsam enthielt, er hatte sie den Werken Platos wahrscheinlich nach den Übersetzungen Ciceros entnommen und giebt sie unter dem Titel: *Leydtsterre* [1]) heraus.

Darauf kamen am 3. Oktober zwei Gerichtsboten zu ihm, lasen ein Schreiben von den Bürgermeistern vor und befahlen ihm, binnen 24 Stunden die Stadt zu verlassen. Die von ihm erbetene Verdoppelung der Frist wurde verweigert. Er unterwarf sich dem Befehle und reiste nach Gouda. Dort gab er zu seiner Verantwortung eine kleine Schrift gegen den Magistrat von Delft heraus unter dem Titel: *Naemscherm... teghen de ondaet te Delft aen hem betoont* [2]). „Nimmer", heifst es darin, „würde man ihn eines Unrechtes gegen das allgemeine Beste überführen können. Die Disputationen, die er gegen die Prediger gehalten hätte, hätten auf Ersuchen der Prediger selbst und mit Bewilligung des Prinzen von Oranien und der Staaten von Holland stattgefunden. Er glaube sicher, dafs die Prediger ihm dieses Ungemach bereitet [3])".

Die Stimmen gegen Coornhert wurden immer lauter, man wollte ihn sogar im Gefängnis zu Muiden einsperren lassen. Doch glücklicherweise stand er noch wegen seiner Verdienste unter dem Schutze der hohen Obrigkeit und des

---

1) Bibl. Belg. C_{71}.
2) Bibl. Belg. C_{78}.
3) Brandt I. 757.

Prinzen Moritz von Oranien. Auch die literarischen Angriffe waren in der letzten Zeit gegen ihn wieder erneuert worden. Schon 1586 hatten die Prediger, diesmal Donteclock in Gemeinschaft mit einem gewissen Joannes Gerobulus wie auch 1588 zum zweiten Male Schriften gegen ihn geschrieben, Coornhert hatte beide Angriffe beantwortet, doch seinem gefafsten Vorsatze treu, auf nichts mehr vor der Regelung der Haager Angelegenheit einzugehen, hatte er die Schriften *Dolingen des Catechismi anderwerven blijckende* [1]) und *Dolingen des Catechismi ende der Predicanten* [2]) nicht mehr herausgegeben. Er suchte auf andere Weise mit den Predigern auseinanderzukommen. Da nämlich im August 1589 die Südholländische Synode zu Gouda tagte, liefs er, da er jetzt dort wohnte, durch den Prediger Everhardus derselben ein Schreiben überreichen, worin er um Fortsetzung der Disputation über den Katechismus bat. Die Synode liefs ihm den Brief wieder zurückstellen, indem sie Everhardus sagten: „sie kennten den Mann wohl, hätten aber nichts mit ihm zu tun, so er was wolle, solle er sich an die Herren Staaten wenden" [3]).

Sein sehnlichster Wunsch, endlich Ordnung in diese ihn drückenden Fragen zu schaffen, war also auch dieses letzte Mal vergeblich gewesen, und doch hatte er noch nicht ausgekämpft. Denn jetzt hatte der so viel genannte leidensche Professor Justus Lipsius seine *„libri sex Politicorum sive civilis doctrinae"* herausgegeben und darin offen und unverhüllt an einer Stelle dem Magistrate das Ketzertöten angepriesen. Das war Öl auf das schon müde werdende Geisteslicht Coornhert's, hierzu konnte er sich in Anbetracht seiner

---

1) Bibl. Belg. C_{142}.
2) Bibl. Belg. C_{143}.
3) Brandt I. 760. Coornh. III. 460. 61.

früheren Stellung zu dieser Frage unmöglich ruhig verhalten. Er wendete sich daher zuerst persönlich an Lipsius und wechselte mit ihm verschiedene Briefe deswegen. Da dies Verfahren jedoch ohne Erfolg blieb, schrieb er sein Buch: *Process van 't Ketterdoden ende dwang der Conscientien* [1]) und widmete es dem Magistrat von Leiden. Er sendete es an die Bürgermeister, Schöffen und Räte von Dordrecht und andere holländische Städte mit der Erklärung, dafs er dies getan, um die grofsen Ärgernisse, die aus dem Lipsius'schen Buch entstehen würden, zu beseitigen; nicht allein für die Niederlande, sondern auch für England, Frankreich und alle evangelischen Fürsten hätte er seine Widerlegung geschrieben. Er begehre nichts anderes, als dafs die Unschuld beschirmt würde und für sich, dafs die Aufrichtigkeit und Arbeit dieser seiner Wohltat nicht mit Ungunst belohnt werde. Der Magistrat von Leiden nahm jedoch die Widmung sehr übel auf, und durch die Grofsachtbarkeit von Lipsius bewogen, erkannte er in einer Publikation vom Stadthause aus vom 18. Oktober 1590, dafs sie die Widmung dieses Buches nicht annähmen, bis auf Weiteres jedoch ohne das Buch zu verbieten, Coornhert hätte ihnen damit weder eine Ehre, noch eine Freundschaft, noch einen Dienst erwiesen; weiter verliehen sie der hohen Achtung, die sie für Lipsius hegten, dadurch Ausdruck, dafs sie seine grofse Gelehrtheit und seine Dienste für die Universität auf's höchste priesen und ihren Bürgern die Lektüre seines trefflichen Buches empfahlen. Dies tat Lipsius kein Genügen, da er wufste, dafs Coornhert, der schon lange krank war, sich noch damit beschäftigte, Weiteres gegen ihn zu schreiben; er versuchte daher in der Staatenversammlung von Holland mit der Hülfe

---

1) Bibl. Belg $C_{49}-_{54}·_{95}$. Coornh. II. 44—114.

von einigen Städten zu erlangen, dafs man sein Buch nicht schriftlich sollte bestreiten können. Der Bürgermeister von Gouda jedoch, Herr Geeraerdt de Lange, verhinderte dies mit den Worten: „Wenn Lipsius Wahrheit schreibt, so wird man durch die kraftlose Anfechtung sich sicherer darauf stützen können, wenn aber irgend jemand einen Betrug zum Nachteil des Landes darin findet, den wir nicht sehen, was schadet dann die Verbesserung [1])".

Lipsius mufste sich allerdings sehr in die Enge getrieben fühlen, so dafs er sich vom papistischen und ethnicomacchiavellischen Verdachte nicht befreien konnte. Und dies scheint eine der hauptsächlichen Gründe gewesen zu sein, warum Lipsius, nachdem er Leiden schimpflich verlassen, die heuchlerische Maske ablegte und zur feindlichen Partei überging, um dort das papistische Bekenntnis anzunehmen[2]). Und obschon es vorher noch nicht klar zu sehen war, im Namen welcher Kirche Lipsius auf Glaubensverfolgung gedrungen hatte, vollendete der 68jährige Coornhert noch auf dem Krankenbette seine dritte Schrift in diesem Streit, bis auch diesen gewaltigen Kämpen der Tod aus dem Leben nahm.

Am 29. Oktober 1590 entschlief er ruhig, ohne Bekümmernis. In der Nähe des Chores der grofsen und schönen goudaschen Kirche wurde er beigesetzt. Die Grabschrift verfafste ihm sein Freund Hendrick Laurenszoon Spieghel.

Sein Wirken war nicht umsonst gewesen, denn sein rastloser Eifer für die Gewissensfreiheit, sein Kampf gegen die Fesseln des Kalvinismus, seine unbezwingliche Überzeugungstreue hatten ihm Freunde geschaffen, die seine Lehre nicht wieder fahren liefsen. Seine zahlreichen Schriften waren

---

1) Brandt I. 766. f. Bor. XXVIII. 540.
2) Voetius: *Politica Ecclesiasta* lib. IV. C. IV. Part. I. p. 433. Amst. 1766.

sein Vermächtnis für die Nachwelt. Durch diese wurde der junge Arminius, der ursprünglich von den Kalvinisten dazu bestimmt war, dieselben zu widerlegen, bei dem Versuche dieses auszuführen zu der Lehre Coornhert's [1]) bekehrt; er konnte daher den Kampf, den jener begonnen, vollenden.

---
1) *Historia vitae Jacobi Arminii auctore Casparc Brantio. Moshemius praefationem notasque addidit. Brunsvigae 1725.* S. 22. 23.